RÉFLEXIONS

SUR L'ÉTAT ACTUEL

DE L'ITALIE

ET SUR SON AVENIR

PARIS

LIBRAIRIE INTERNATIONALE

1860

RÉFLEXIONS

SUR L'ÉTAT ACTUEL

DE L'ITALIE

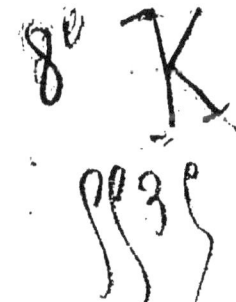

Bruxelles. — Imprimerie de A. LACROIX, VERBOECKHOVEN et Cⁱᵉ, boulevard de Waterloo, 42.

RÉFLEXIONS

SUR L'ÉTAT ACTUEL

DE L'ITALIE

ET SUR SON AVENIR

PAR

CHRISTINE TRIVULCE DE BELGIOJOSO

PARIS

LIBRAIRIE INTERNATIONALE

15, Boulevard Montmartre, 15.

A. LACROIX VERBOECKHOVEN ET Cie, ÉDITEURS

A BRUXELLES A LEIPZIG ET A LIVOURNE

1869

AU LECTEUR

Ces pages n'eussent pas été publiées de mon vivant si j'avais une moins parfaite confiance dans la bienveillante indulgence de mes lecteurs. Mes réflexions leur paraîtront peut-être peu fondées, mal exposées, hors de propos ou superflues, mais du moins la droiture de mes intentions ne sera pas révoquée en doute; et cette conviction suffit à me donner du courage et à me faire marcher, l'esprit serein et le cœur ferme, à la rencontre de n'importe quelles critiques, quelque âpres et sévères qu'elles puissent être d'ailleurs.

Pour la première fois de ma vie je m'adresse au public dans ma langue natale, et cela dans

1

un moment où elle devient le sujet de discussions savantes et de travaux sérieux. Sur ce point aussi je dois me reposer sur l'indulgence de mes lecteurs. En exposant mes idées, je me suis proposé seulement d'être comprise sans peine par ceux qui me liront. L'élégance du style est un don que je ne possède pas ; et mon ambition ne s'est jamais tournée de ce côté. J'écris parce qu'il me semble avoir quelque chose à dire qui peut ne pas être inutile à mon pays. Si je gardais le silence, parce que mon langage manque naturellement de recherche et d'élégance, je rougirais d'écouter les conseils d'une aussi puérile vanité.

Si mes lecteurs me comprennent sans effort et sans peine, je me tiendrai pour pleinement satisfaite. Si ceux qui m'ont compris, rendent justice à la pureté de mes intentions et me pardonnent la franchise sans bornes et absolue de mon langage, je serai de plus en plus convaincue de la bonté et de la courtoisie de mes compatriotes.

CHAPITRE PREMIER.

POSITION POLITIQUE ET MATÉRIELLE DE L'ITALIE

L'Italie n'est plus une simple abstraction géographique. L'Italie existe en qualité de nation, aux conditions mêmes qui composent et qui assurent l'existence des nations plus puissantes et plus civilisées de l'Europe. Rassemblée autour d'un seul et même drapeau ; gouvernée monarchiquement par un roi ; placée sous l'égide d'une charte constitutionnelle que le gouvernement n'a jamais essayé de dépasser ni d'enfreindre ; forte et fière de son indépendance depuis que le dernier soldat étranger lui a tourné les talons et a repassé les Alpes ; défendue par ses propres armes, gouvernée, administrée, représentée par ses propres enfants ; traversée par de nombreux chemins de fer ; riche d'une marine proportionnée à l'étendue de son littoral, l'Italie, avec ses 26 millions d'habitants, contemple avec un sentiment de satisfaction légitime tout ce qu'elle a accompli dans le court espace de sept ans, et se prépare à exécuter de nouveaux progrès.

Ces 26 millions d'habitants sont inégalement répartis sur une étendue d'environ 24,650,719 hectares carrés de terrain. Chacun connaît la forme extérieure de notre péninsule ; terminée au nord par une vaste chaîne de très hautes montagnes, elle s'étend de l'est à l'ouest formant de larges plaines, qu'interrompent les riantes régions de ses collines et de ses lacs, occupant ainsi tout l'espace qui s'étend depuis les provinces méridionales de la France jusqu'à la Dalmatie. Cette grande partie de l'Italie qu'on appelle communément l'Italie du nord, comprend le Piémont, la Lombardie, les États de la maison d'Este, l'ancien duché de Parme, le Mantouan, la Venétie, et compte plus de neuf millions d'habitants.

Ces provinces d'ailleurs peuvent être considérées comme les plus riches de l'Italie, et n'en sont assurément pas les moins civilisées. Le Piémont, qui passa toujours pour très pauvre, s'est enrichi récemment, grâce aux institutions libérales dont il a joui, plusieurs années avant que le reste de l'Italie eût le même bonheur. Certaines

circonstances contribuèrent d'ailleurs au développement de la prospérité publique en Piémont : ce fut d'abord la cession faite à la France
de la plus pauvre de ses provinces, de la Savoie,
et ensuite les progrès de l'agriculture, c'est à
dire de la culture moyennant l'irrigation et
l'inondation du terrain, progrès dont deux autres provinces de l'ancien Piémont, le Novarrais
et la Lomeline, ont largement profité.

La Lombardie, qui a toujours été considérée
comme un pays fort riche, parce que le sol en
est véritablement très fertile, n'a jamais possédé
un revenu établi sur des bases solides, puisque
ce revenu provenait d'une seule source, c'est à
dire de l'agriculture. Mais ce revenu était beaucoup plus considérable que ne l'est dans les
autres États européens cette partie du revenu
public puisé à la même source. L'observateur
superficiel qui mettait en regard le produit du
sol lombard avec celui de n'importe quel autre
sol de dimension égale, et qui oubliait d'examiner
les autres branches du revenu public, concluait
à une prodigieuse hauteur du taux des richesses
de la Lombardie, dont il rendait ensuite un
compte fort exagéré. Ce qui est positif, c'est que
pendant toute la durée de la domination autrichienne en Lombardie et dans la Venétie, quoique la Lombardie n'eût pas encore subi la cryptogame et la maladie des vers à soie, et que

1.

toutes ses terres fussent en plein rapport; quoique l'Autriche ne se fît aucun scrupule d'accabler ses provinces italiennes d'impôts exorbitants qui allaient croissant d'année en année, le gouvernement autrichien ne parvint jamais à égaliser pour ces provinces la dépense et le revenu, et se vit constamment forcé de dépenser, pour nous conserver en son pouvoir, plus d'argent qu'il n'en tirait de nous.

Ce qui devait arriver, ce qui arrive toujours et inévitablement de ces richesses boiteuses, manquant d'équilibre et due à une source unique, arriva enfin. La source se troubla d'abord, puis elle cessa de couler et tout l'édifice de la prospérité publique s'écroula subitement. Si la Lombardie eût possédé alors un certain nombre d'établissements industriels, de manufactures, etc., etc., les bras que l'agriculture n'employait plus se fussent exercés à d'autres travaux; l'activité populaire eût suivi de nouvelles directions, et les fléaux déchaînés contre nous n'eussent pas produit les tristes résultats que nous avons sous les yeux. Dans les conditions qui nous avaient été imposées par nos maîtres, aucune ressource ne se présentait à nous. Toutes les terres situées au nord de Milan, les collines de la Brianza et du Varesoix, les provinces de Bergame et de Brescia furent tout à coup comme frappées de stérilité, ou, pour m'exprimer plus correctement, elles produisaient leurs fruits accoutumés, mais ceux-ci tombaient en proie à la corruption et périssaient avant d'avoir atteint leur maturité. Le propriétaire qui ne perçoit plus son revenu habituel, est en outre réduit à pardonner au paysan le loyer de la maison qu'il lui a louée, et à pourvoir ce même paysan de maïs, car si le propriétaire s'y refusait, le paysan lombard partagerait le triste sort du paysan irlandais, c'est à dire qu'il mourrait de misère et de faim sur la voie publique, au seuil de sa pauvre masure, déserte et fermée. Le propriétaire préserve ses paysans de ce dernier malheur en lui prêtant le pain et l'habitation; mais en le faisant, il amoindrit ses propres ressources, et il rend ainsi sa propre ruine de plus en plus probable et plus proche.

La basse Lombardie, quoique beaucoup moins vaste que la haute, puisqu'elle ne comprend, en outre de la Lomeline et du Novarrais dont nous avons déjà parlé, que le Pavaisois, le Lodesan, et une partie de la province de Crema, est aujourd'hui à peu près la seule source du revenu public de la Lombardie. Les terres arrosées, les maisons situées à l'intérieur des villes, et un très petit nombre de manufactures et autres établissements industriels appartenant à des familles bourgeoises qui s'y sont lentement enrichies, même avant 1859, et qui achètent aujour-

d'hui tout ce que nos illustres et anciennes maisons
ne peuvent plus conserver, créant ainsi une aristocratie nouvelle plus en rapport et mieux adap-
tée aux besoins et aux idées de la société moderne ; telles sont à cette heure les sources
qui produisent l'insuffisant revenu de la Lombardie.

L'Italie centrale se compose de la Toscane et
d'une grande partie des provinces qui formaient
avant 1859 les États romains.

La Toscane compte à peu près deux millions
d'habitants. C'est un pays parsemé de petites
mais jolies villes, entrecoupé de riantes collines,
et de nombreux cours d'eau, de villas magnifiques, de palais, de parcs, de jardins, de villages, etc., etc., et n'ayant rien de cet aspect
triste et misérable qui distingue trop souvent
les campagnes du reste de l'Italie. Nulle part
non plus en Toscane, vous n'avez devant vous
un paysage imposant et sérieux, et les plus
profondes solitudes vous laissent pressentir le
voisinage d'une ville. Au milieu des champs,
dans le repos et le silence, quelque chose vous
dit que l'homme n'est pas loin de vous. Le paysan toscan, qui vit sobrement, qui respire un
air pur et sain, qui travaille modérément, et qui
converse souvent avec les habitants des villes,
n'a rien de grossier, et sa présence n'éveille pas
dans celui qui le considère la douloureuse pen-

sée d'une misère héréditaire et dégradante. Les
femmes tressent des chapeaux de paille, ou bien
elles cultivent et vendent des fleurs, et ces travaux qui ne fatiguent guère leurs membres dé-
licats, qui n'épuisent pas leurs forces juvéniles,
leur permettent d'être jeunes pendant la durée
naturelle de leur jeunesse; bien différentes en
cela des paysannes du reste de l'Italie, auxquelles les plus rudes travaux des champs sont
dévolus, et qui, resplendissantes souvent de
beauté à 15 et à 18 ans, présentent l'aspect de
la décrépitude à peine ont-elles dépassé leur
vingtième année. Tant de délicatesse et de distinction dans l'aspect et dans les mœurs populaires; une si grande aisance dans la vie, un
certain degré de politesse et d'instruction répandu jusque dans les dernières classes de la
population, doivent naturellement faire supposer que la Toscane est un pays riche et que ses
habitants sont largement doués d'intelligence,
d'énergie et de la faculté de persévérer dans
leurs entreprises. Celui qui s'en tiendrait à une
semblable conclusion, porterait pourtant un
jugement erroné.

L'aisance dont jouissent en Toscane les classes
populaires, la politesse gracieuse de leurs manières et la beauté persistante de leurs femmes,
sont l'effet de l'harmonie subsistant entre les désirs, ou disons même, entre les besoins du peuple

toscan et les moyens dont il dispose, c'est à
dire, son caractère et sa position. Le Toscan
n'est pas comme les habitants des autres provinces d'Italie, ardent et impétueux. Il a réfléchi à sa position, il sait que certains avantages
ne peuvent être obtenus si ce n'est par l'abandon de certains autres, et il a fait son choix,
sans se livrer à d'inutiles regrets pour la part
de biens qu'il ne saurait obtenir, qu'au prix de
ceux auxquels il tient plus fortement. Tout le
système économique du Toscan est fondé sur ce
choix. Ainsi de tous les désirs et les besoins du
peuple Toscan, le plus vif et le plus urgent,
c'est à coup sûr, le repos; un repos comparatif,
bien entendu, et non pas un repos absolu. L'artisan et le cultivateur toscan travaillent tout
juste ce qui leur est indispensable pour gagner
chaque jour les quelques sous nécessaires à leur
entretien et à celui de leur famille, et aucun
d'entre eux n'aspire à rien de plus. Pour eux le
défaut d'argent en circulation est un bienfait,
parce qu'il empêche l'élévation du prix des objets de première nécessité. Si un génie bienfaisant versait tout à coup quelques millions sur
la Toscane, il recevrait en retour des malédic-
tions et des injures; et il produirait en effet un
funeste bouleversement dans l'équilibre économique de ces populations, car les objets de première nécessité augmenteraient aussitôt de va-

leur. La main-d'œuvre serait aussi plus largement
rétribuée, mais la concurrence d'autres artisans
venus du dehors serait une complication nouvelle, et l'ouvrier toscan ne conserverait son
rang et sa clientèle, qu'en travaillant plus ou
mieux qu'il n'a travaillé jusqu'ici, et ce surcroît
de travail ou d'adresse est précisément ce qu'il
veut éviter, et la perspective d'un gain plus considérable serait impuissante à le réconcilier avec
la pensée de cet accroissement de peine ; car il
a pesé dans son esprit les avantages du repos et
ceux de la richesse, et il préfère les premiers
aux seconds. Avec de tels sentiments et avec un
caractère ainsi fait, les progrès vers la civilisation, c'est à dire dans l'industrie, doivent être
fort lents, si même ils ne sont pas complétement
nuls.

On me dira peut-être que la misère n'existe
pas pour celui qui l'a acceptée volontairement,
et qui ne la considère ni comme un mal, ni
comme une souffrance. Si le paysan et l'artisan
toscan ne sentent pas les blessures de leur pauvreté, ou s'ils les acceptent comme étant le prix
de leur repos, lés classes plus élevées de la société toscane placées en regard de leurs pairs
du reste de l'Italie et de l'Europe sentent toute
l'amertume de la condition subalterne et en
quelque sorte parasite à laquelle elles sont condamnées par l'exiguïté de leurs ressources. Flo-

rence a toujours possédé une cour et un corps diplomatique, qui attiraient à leur suite un grand nombre de riches et d'illustres familles étrangères. Celles-ci exerçaient à Florence l'hospitalité, et les Florentins qui auraient dû se charger de ce rôle, acceptaient l'hospitalité au lieu de l'exercer, sans même pouvoir rendre quelques-unes des faveurs qu'ils recevaient.

Aucune autre province italienne n'a un aussi grand besoin d'ouvrir de nouvelles voies, et d'introduire de nouveaux instruments pour l'activité nationale, et nulle part non plus de telles innovations ne semblent exposées à rencontrer moins d'obstacles qu'en Toscane. Le grand nombre de villes qui forment autant de centres de population, d'activité et de civilisation, un certain degré d'instruction et de politesse réparti dans toutes les classes de la société, qui fait que le peuple n'y parle pas un dialecte incompréhensible pour celui qui est né une dizaine de lieues plus au nord ou plus au sud, mais la langue écrite légèrement altérée ou tout au moins un langage beaucoup plus rapproché de la langue écrite qu'aucun autre des dialectes italiens, l'intelligence et le naturel docile et calme des habitants, tout cela devrait encourager l'esprit d'entreprise des spéculateurs et les pousser à fonder de nouveaux établissements commerciaux et industriels. Je ne voudrais cependant pas répondre du succès d'une première épreuve. Le principal et le plus formidable obstacle à tout progrès de ce genre consiste précisément dans le caractère de la population, qui considère la fatigue et la peine comme le plus intolérable des maux, et qui résiste passivement à tous les efforts tentés pour vaincre son inertie. Ce qui est plus triste encore, c'est qu'il y résiste sans scrupules ni remords, parce que sa résistance n'a rien ni de passionné ni de violent. Je suis même portée à croire qu'il considère sa résistance obstinée comme une vertu ; la vertu qu'on désigne généralement par les noms de modération dans les désirs, de résignation, en un mot, la vertu de savoir se contenter du peu que l'on a.

Le gouvernement grand-ducal de Toscane a été de tout temps le plus doux des gouvernements despotiques qui ont opprimé l'Italie. Le grand-duc lui-même, qui connaissait personnellement un très grand nombre de ses sujets, était singulièrement expert dans l'art de toucher les cœurs simples et confiants, et de se donner les dehors de la bienveillance et de l'amabilité. Une promenade dans les rues de la capitale en habit bourgeois, sans suite ou escorte apparentes, un mot familièrement adressé à un homme du peuple, un secours accordé à propos, tels sont les oripaux moyennant lesquels le roi autrichien, le dépositaire des maximes impériales du gouvernement se déguisait aux yeux des populations. Une plume toscane lui arracha un jour le masque et le montra au peuple aveuglé dans toute la hideuse laideur d'un tyran hypocrite; mais le peuple toscan éclata de rire en voyant l'étrange personnage qu'on lui présentait pour la première fois; il grava dans sa mémoire l'admirable portrait de celui : *qui n'est parmi les tyrans, ni chair ni poisson* (1), mais il ne retira aucun enseignement salutaire de ce spectacle, et peut-être sut-il bon gré à son prince, de se laisser peindre avec une couronne de *pavots et de laitues,* et de permettre à ses sujets de rire de la peinture.

La population des anciens États romains se compose d'environ deux millions d'âmes. Elle est pauvre comme toutes les populations italiennes; dépourvue de toute industrie et de tout commerce, et elle vit sur un sol presque entièrement inculte. La plus grande partie des propriétés territoriales de ces provinces et tout le terrain situé à l'entour des villages appartenaient avant 1859 et 1860 à des mainmortes, c'est à dire à des corporations religieuses ou à l'Église. De tels propriétaires fonciers, n'ayant à satisfaire ni de grands besoins, ni les con-

---

(1) Che non è nella lista dei tiranni carne nè pesce.

(GIUSTI).

seils de l'ambition, se contentaient de faire bonne
chère et de posséder un bon abri contre les in-
tempéries des saisons, ce à quoi la généreuse
piété des fidèles n'eût jamais manqué de pourvoir,
de telle sorte qu'ils négligeaient entièrement la
culture, de leurs champs. Le voyageur qui tra-
versait il y a dix ans ces contrées, voyait avec
douleur et non sans une secrète terreur les villages placés à peu de distance des innombrables couvents, monastères, etc., tombant en
ruines, d'une dégoûtante malpropreté, et habités
par des malheureux qui ressemblaient plutôt à
des cadavres ambulants qu'à des êtres vivants.
On ne guérit pas de telles plaies en quelques années, et tout, moins les routes, est encore à faire
dans ces provinces.

Le principal inconvénient des gouvernements
constitutionnels ou parlementaires, c'est la faiblesse de leur initiative. N'importe en quelle direction ils se proposent de pousser les populations, ils se heurtent à chaque pas, ou du moins
ils peuvent se heurter aux volontés individuelles, et la pensée seule, l'attente de pareils
chocs, suffit à paralyser les patriotiques intentions des gouvernements constitutionnels les
plus énergiques. Comment douterions-nous que
notre gouvernement, lequel ne prétend pas être
doué d'une dose plus qu'ordinaire d'énergie,
n'ait ressenti les refroidissants effets de sem-

blables prévisions ; mais peut-être aurait-il moins
à craindre la résistance des volontés individuelles, dans les anciens États romains, que
dans le reste de l'Italie. Les ex-sujets de l'Église
ont beaucoup souffert, aussi bien moralement
que physiquement, et ils attendent patiemment
aujourd'hui une compensation à leur long et
triste passé. Leur condition matérielle doit être
plus dure depuis leur délivrance qu'elle ne
l'était auparavant, car ils sont accablés d'impôts, et aucune voie nouvelle n'a été ouverte
encore à leur activité pour gagner l'argent qu'ils
paient à l'État. Et pourtant, jamais le moindre
symptôme de lassitude ni de mécontentement
ne s'est manifesté dans ces provinces. Les habitants des Romagnes n'ont pas dépensé en démonstrations puériles et frivoles, la joie exubé-
rante de leur rachat. Ils s'en réjouirent et s'en
réjouissent encore avec une gravité mâle, comme
des gens qui ne s'attribuent pas le droit d'obtenir gratuitement les dons les plus précieux auquel un peuple puisse aspirer : la liberté et l'indépendance ; mais qui sont disposés au contraire
à les payer chèrement. Tels ils étaient en 1860,
tels ils sont encore aujourd'hui, et les Italiens
ne peuvent mieux faire que de suivre l'exemple
et d'imiter le maintien des anciens sujets de
l'Église.

On a beaucoup parlé des provinces napolitaines et de leurs populations, mais en prenant pour point de départ des observations trop superficielles, à mon avis. Le brigand féroce, superstitieux et stupide, le lazzarone paresseux et inerte, à moitié nu, et aux trois quarts sauvage, tels sont les deux types d'après lesquels nous nous représentons les Napolitains, sans oublier pourtant le prince ou le duc affamé, joueur, libertin, d'une probité problématique, duelliste et peu amoureux de la guerre et de ces accidents. J'avouerai, si l'on veut, que de pareils types sont plus fréquents dans les provinces napolitaines qu'ailleurs, mais ceux-ci ne sont après tout que le résumé des vices et des défauts de tous les peuples du Midi, développés et exagérés sans doute, comme cela doit nécessairement arriver à ceux qui n'ont jamais appris que les vertus opposées à ces défauts procurent aussi de certains avantages à ceux qui les pratiquent. Mais l'exagération des défauts communs à tous les peuples méridionaux ne doit pas être imputée aux Napolitains en masse. S'il y a une province italienne dans laquelle la liberté et l'indépendance aient déjà produit des résultats évidents, outre la construction de nouvelles routes, de nouveaux ponts et d'autres édifices, c'est à coup sûr la province, ou pour mieux dire, l'État napolitain. Le type du lazzarone vivant de macaroni et de melons d'eau, et logeant dans un panier, a presque entièrement disparu, et s'est confondu avec les pêcheurs. La saleté des rues de Naples, des vestibules, des cours intérieures et même des escaliers des palais les plus somptueux, a aussi disparu sous l'active surveillance de l'édilité municipale, et grâce au concours que l'immense majorité de toutes les classes de la population lui a prêté, car si ce concours lui eût été refusé, je doute fort que l'édilité municipale eût obtenu les résultats dont elle a lieu aujourd'hui de se féliciter.

Dans le cours des six ou sept années que Naples a vécu sous le bienfaisant, mais parfois dangereux régime de la liberté, le peuple napolitain n'a jamais tenté d'abuser de sa liberté. Il a accepté les lois, les règlements, les institutions, les décrets qui lui ont été imposés; il s'est soumis aux inconvénients et aux charges qui en résultaient quelquefois pour lui, et il a profité des avantages qu'il pouvait en tirer, avec une docilité naturelle et une prudence constante, qu'on n'attendait guère de lui. On a beaucoup parlé de la lâcheté innée du Napolitain, mais ici encore les vieilles plaisanteries et les préjugés enracinés ont reçu des faits un éclatant démenti. La guerre de 1866 a été soutenue par les Napolitains, aussi bien que par toutes les autres populations italiennes, et aucun épisode n'a été raconté jusqu'ici à l'appui de la couardise attribuée aux Napolitains. Nos revers pendant cette guerre ont été le résultat de l'incapacité et du défaut d'expérience de quelques-uns de nos généraux, nullement du défaut de courage de l'armée, et parmi les généraux d'un certain âge et d'un certain rang, celui qui a donné de lui-même, de son savoir et de son courage les preuves les moins douteuses, c'est un général napolitain, Nunziante, duc de Mignano. La classe de Napolitains qui s'est montrée jusqu'ici moins intelligente de ses propres intérêts et moins dévouée aux intérêt du pays, c'est la classe dite des aristocrates. Les trois classes qui composent aujourd'hui les nations civilisées, la noblesse, la bourgeoisie et le peuple sont mieux définies à Naples que partout ailleurs. Sous le règne des Bourbons, la première et la dernière étaient l'objet de la prédilection de la cour. La noblesse lui était chère parce qu'elle lui ressemblait, et par conséquent elle sympathisait avec elle; l'une et l'autre ignoraient à peu près tout ce qu'elles eussent dû connaître, et regardaient leur ignorance comme un privilége de l'élévation et de la splendeur de leur rang, laissant tomber des regards de mépris et de pitié sur les efforts accomplis par la classe inférieure pour acquérir des connaissances, c'est à dire, pour employer leur propre langage, pour gagner leur pain. La famille royale et la noblesse avaient en commun, intérêts, espérances, désirs et craintes. Les jouissances matérielles de la vie, l'accroissement de leurs richesses, les satisfactions de leur puérile vanité, formaient le but de leur existence. La noblesse napolitaine demeurait fortement attachée à la maison de Bourbon comme à une source inépuisable de jouissances et de certaines faveurs dont sa vanité était satisfaite ; d'autre part, la roi et sa famille voyaient dans la noblesse un reflet de leur propre image, c'est à dire, une classe qui partageait leurs amusements et leurs plaisirs, qui ne désirait rien de ce qui excitait leurs craintes, et qui n'exprimait jamais que des pensées en harmonie avec les leurs.

La dernière classe de la plèbe napolitaine occupait la seconde place dans les affections royales. Bruyante dans l'expression de ses sentiments, mais inoffensive dans ses actes, la population désignée par le nom des *Lazzares*, fanatique comme toutes les multitudes ignorantes, était complétement livrée à l'influence du clergé régulier et séculier qui en disposait au gré de sa volonté. Le roi connaissait l'emploi que le clergé faisait de son influence et il s'arrangeait de façon à s'assurer son amitié et sa bienveillance. Les Bourbons, d'ailleurs, presque aussi superstitieux que les Lazzares, devenus un souple instrument entre les mains du clergé, qui, à peu près aussi ignorant que la famille royale et que les Lazzares, pouvait, par conséquent, ajouter quelque foi aux choses qu'il enseignait sous le titre de dogmes. Toutes ces ignorances diverses étaient alliées les unes aux autres, et tendaient toutes au même but, c'est à dire à perpétuer la société du moyen âge et à arrêter tout progrès intellectuel, moral et matériel. Pour réaliser de telles aspirations, le *clergé* avait besoin de s'appuyer au pouvoir royal ; et le roi eût perdu son autorité si le clergé eût permis au bas peuple de la méconnaître et de s'y soustraire. Parfaitement instruits de leur dépendance réciproque, l'un et l'autre prenaient grand soin de se prêter un mutuel appui et de se défendre le mieux qu'ils le pouvaient contre ce formidable progrès qui leur apparaissait comme un affreux cataclysme, l'écroulement de l'édifice social, le déchaînement de toutes les bêtes féroces de la création, c'est à dire, de la philosophie, du droit, de la liberté, de la civilisation, de l'indépendance, de l'égalité, de la tolérance, de la philanthropie, etc., etc., et pour clore par une dernière catastrophe, une guerre acharnée contre le sacerdoce, c'est à dire, contre Dieu et la religion, un carnage de moines et de religieuses, le pillage des autels, et les portes de l'enfer toutes grandes ouvertes pour engloutir la multitude des âmes impies et féroces qui ne pouvaient plus être contenues par leurs corps respectifs. Faut-il s'étonner si ceux qui voient de bonne foi la civilisation moderne sous un semblable aspect, mettent tout en œuvre pour en arrêter le cours? Et parmi les ennemis de la civilisation moderne, il en est beaucoup qui sont de bonne foi, ou du moins qui acceptent ce qui leur a été enseigné comme autant de vérités incontestables, et, qui trouvant leur convenance dans cette conviction, ne prennent pas la peine de rechercher si elle est fondée sur le vrai ou sur le faux.

Pour les Bourbons aussi bien que pour la noblesse et pour le clergé de Naples, le progrès était en quelque sorte personnifié dans la bourgeoisie. Un degré quelconque de culture intellectuelle est indispensable pour former des avocats, des médecins, voire même des militaires, et quoique les trois ordres qui gouvernaient à Naples se fussent aisément passés de ces doctes professions, et eussent été satisfaites de n'avoir à traiter qu'avec des lazzares, ils comprenaient cependant que la suppression totale de la classe moyenne était impossible. Ils se résignèrent donc non sans regret à la laisser vivre, et ils se bornèrent à combattre ces représentants du progrès social en les persécutant, en plaçant toute sorte d'obstacles en travers de leur route, les maintenant dans la position subalterne que la classe moyenne occupait dans les siècles passés, et excitant contre eux les préjugés et les passions effrénées de la populace.

Aussitôt longtemps que cet état de choses demeurait stationnaire, le roi se sentait assuré de trouver au besoin le peuple armé pour sa défense et pour l'extermination de ses ennemis, et les nobles ainsi que le clergé, ayant les mêmes intérêts que le roi, comptaient aussi sur les armes que l'on remettrait aux lazzares dans un moment de crise révolutionnaire, et ils reposaient avec confiance dans la pensée que, soumis comme il l'était à son clergé, le peuple napolitain résisterait toujours aux séductions du parti libéral.

Déjà, dans les dernières années du siècle précédent, les lazzares avaient complétement répondu à l'attente du roi, de la noblesse et du clergé, et, si pendant le mois de mai de l'an 1848, le sang des citoyens n'inonda pas les rues de Naples avec la même abondance qu'à l'époque de Championnet, cette diminution ne doit pas être attribuée à la clémence du peuple, mais plutôt à la faiblesse de la résistance que lui opposèrent les libéraux dont un très petit nombre était demeuré à Naples, tandis que la presque totalité courait vers le Pô dans l'espoir d'y combattre et d'y vaincre les Autrichiens.

Le roi, la noblesse et le clergé, avaient pleine

confiance dans les démonstrations populaires,
qu'ils considéraient comme le symptôme irrécu-
sable de l'état de l'opinion publique. Lorsque le
roi se montrait à Chiaja ou à Sainte-Lucie, il y
était toujours salué par des clameurs frénéti-
ques des lazzares pêcheurs, et il rentrait dans
son palais de plus en plus convaincu de l'amour
de son peuple, et certain de pouvoir toujours se
faire un bouclier contre les coups des libéraux
et du libéralisme, de ces cœurs et de ces poi-
trines, simples il est vrai, mais d'une fidélité à
toute épreuve. La noblesse partageait les illusions du souverain et sachant que sa propre
grandeur durerait autant que la toute-puissance
royale, elle reposait en toute sécurité sur la pensée d'un avenir assuré. De son côté, le clergé
voyait toujours la même foule dans l'église de
Saint-Janvier, le jour du fameux miracle; il entendait les mêmes prières, les mêmes promesses,
les mêmes menaces, les mêmes injures et les
mêmes blasphèmes, selon que le sang du saint
était plus ou moins prompt à entrer en ébulli-
tion; il voyait la même multitude le suivre dans
les processions; la même foule dans les églises,
autour des confessionnaux, aux pieds des autels, il vendait le même nombre de reliques, de
messes, de bénédictions, d'indulgences, de chan-
delles, d'eau bénite, etc., etc., et il prenait courage en se disant que la foi populaire avait

résisté à toutes les séductions et à tous les efforts des libéraux, et que plusieurs siècles s'écouleraient, sans doute, avant qu'il fût possible, de faire du lazzare napolitain, un citoyen civilisé, instruit et éclairé.

Tous se trompaient. Ni le roi, ni la noblesse, ni le clergé, ne savaient distinguer dans les démonstrations populaires, ce qu'il y avait de simplement dramatique de ce qui était véritablement senti. Le peuple napolitain était en effet favorablement disposé envers son roi qui lui adressait familièrement la parole et dont le despotisme d'ailleurs ne pesait pas directement sur lui ; il éprouvait pour la noblesse à peu près les mêmes sentiments que pour le roi ; et quant au clergé, il le regardait comme appartenant à une catégorie d'êtres quelque peu surnaturels, capables d'opérer quelques miracles et entretenant des rapports secrets mais directs avec les habitants du paradis.

Le peuple savait aussi que ses bruyantes démonstrations agréaient fort à ces trois classes de personnes, la cour, la noblesse et le clergé, qui l'en récompensaient par des largesses ou d'autres faveurs ; et d'ailleurs, le peuple napolitain ne demandait pas mieux que de se donner en spectacle, en faisant du bruit, en criant, en acclamant et en trépignant ; aussi, la cour, la noblesse et le clergé étaient assurés de recevoir le même accueil enthousiaste chaque fois qu'ils se présentaient au public.

Mais les sociétés secrètes et leurs agents ne négligeaient rien pour donner aux lazzares napolitains les premiers rudiments d'éducation politique. La classe moyenne, qui appartenait, pour ainsi dire, en masse à ces sociétés secrètes, s'efforçait d'inspirer au peuple, avec lequel elle avait de fréquents et d'intimes rapports, la haine de l'étranger et de ses instruments, l'amour de la liberté et de la gloire, et un enthousiasme immodéré pour ce Garibaldi, dont la valeur égalait la puissance du clergé et opérait sinon des miracles, du moins des prodiges. Elle avait réussi à inspirer aux dernières classes de la population napolitaine un désir ardent de voir et d'admirer ce héros merveilleux, et un sentiment de secrète horreur à la pensée que le Bourbon pouvait un jour lui ordonner de le combattre.

Le progrès des instructions données par la classe moyenne aux *lazzaroni* se manifestait par une certaine agitation qui prenait petit à petit le dessus sur l'indolence naturelle du peuple napolitain. Le gouvernement confisquait tous les journaux qui parlaient des affaires italiennes, croyant, par ce moyen, entretenir la population dans cette ignorance absolue dont il s'était fait un bouclier. Mais les émissaires des sociétés secrètes s'empressaient de leur côté de répandre parmi la plèbe les nouvelles les plus appropriées à son humeur et à ses goûts, ils lui racontaient les batailles, les victoires remportées sur l'Autrichien, la confusion et la terreur de l'ennemi, les faits et gestes du roi Victor et de Garibaldi qu'ils montraient au peuple comme de nouveaux Rolands, et offraient ainsi à l'imagination populaire un tableau si séduisant, qu'il faisait pâlir la splendeur des cérémonies religieuses et le féerique éclat des fêtes de la cour.

Chacun sait comment Garibaldi entra à Naples, accompagné seulement de son état-major, et comment il en traversa les rues remplies de peuple et de soldats bourbonniens, salué par les acclamations enthousiastes de ceux-là mêmes sur lesquels le roi François comptait pour sa défense. Pas un coup de fusil ne fut tiré à Naples ce jour-là, et ce fut un grand bonheur pour nous, car le charme magnétique qui attirait en ce moment les multitudes vers Garibaldi une fois dissipé, il eût été trop facile de s'emparer de lui, et d'anéantir d'un seul coup toutes les conséquences de l'expédition siculo-napolitaine. Heureusement pourtant le charme ne fut pas rompu. Les soldats bourbonniens se retirèrent à Gaëte où le roi les attendait, et le peuple, livré à lui-même, s'abandonna sans réserve à l'ivresse de sa joie et de son admiration pour le héros qui lui avait apporté presque seul et, pour ainsi dire, désàrmé, la liberté. A partir de ce jour, Naples a subi les destinées du reste de l'Italie, et n'a jamais trahi par aucun signe qu'il regrettât sa rapide transformation. Il n'a pas marché à grands pas sur la voie du progrès et de la civilisation ; à Naples aussi bien que partout ailleurs en Italie, le spectacle de l'inertie des classes élevées et instruites, qui ne se préoccupent pas de l'éducation des classes inférieures, et qui ne tentent rien pour arracher ces derniers à leur séculaire ignorance, attriste l'observateur bienveillant. Cependant celui qui visite Naples aujourd'hui et qui se souvient de l'état dans lequel il l'a laissé il y a dix ans, est frappé de certains progrès qu'il y remarque. Les rues ne sont plus souillées par les tas d'immondices qui les obstruaient alors ; quelques beaux et élégants magasins d'étoffes en soie, ou de bijouterie, construits sur le modèle des principaux magasins de Paris et de Londres, tendent à remplacer les sombres échoppes où la société napolitaine ne craignait pas d'entrer pour s'y munir des objets constitutifs de son élégance et de son luxe ; l'homme du peuple à peu près nu, que l'on voyait nonchalamment couché sur le sable du rivage ou sur les dalles des rues, a disparu presque entièrement, et ses enfants ne passent plus les journées entières entassés et groupés sur les pavés en marbre des églises pour y prendre le frais; but qui n'est plus d'ailleurs aussi amplement favorisé par leur costume, consistant jadis dans l'absence complète de n'importe quel morceau de toile ou d'étoffe qui tempérât la nudité de leurs corps ou de leurs membres. Tout cela prouve suffisamment que le peuple napolitain n'ignore plus de quel côté de l'horizon le soleil de la civilisation se lève et qu'il désire se conformer aux lois de la société civilisée.

Nous ajouterons encore que le Napolitain, soumis pour la première fois à de lourds impôts, conduits sur les champs de bataille pour y défendre des principes qui lui sont à peu près inconnus, et qui n'ont aucun rapport direct et évident avec ses propres intérêts, ne s'est jamais montré ni mécontent, ni disposé à la résistance ou à la rébellion.

Tout cela nous encourage et nous fait espérer dans l'avenir. Mais puisque le Napolitain se montre disposé à se laisser guider par le bon sens d'autrui plutôt que par ses instincts naturels et ses propres impressions, il ne nous reste qu'à déplorer plus amèrement la lenteur des classes les plus riches et les plus éclairées de la population ainsi que de notre gouvernement, à fonder des institutions et des associations destinées à civiliser et à instruire le peuple. Que ne pouvons-nous pas attendre d'un peuple qui, ayant été pendant tant de siècles dépravé et corrompu de propos délibéré par un gouvernement tout à la fois inique et absurde, et ayant subitement acquis la liberté la plus absolue, une liberté qui ne convient et n'appartient d'ordinaire qu'aux nations les plus civilisées, n'abuse pas d'un si grand bienfait et accepte de bonne grâce les sacrifices qu'il considère comme le prix de sa liberté!

Nous regrettons de ne pouvoir adresser les mêmes éloges à la Sicile. Dans cette île infortunée la corruption et l'ignorance dégradent encore la férocité naturelle d'une population dérivée des Arabes; et cette terre, qui fut jadis la plus peuplée et la plus riche de toute l'Europe, n'a employé jusqu'ici sa liberté, qu'à commettre des actes qu'on ne saurait comparer qu'aux massacres et aux boucheries du moyen âge ou des peuplades sauvages de l'Amérique ou de l'Afrique. Cette même *camorra* qui, par son alliance avec le brigandage dans les provinces napolitaines, mettait obstacle aux progrès des populations, accable et déshonore la Sicile avec une tyrannique impudence qui n'a point de précédent. Les deux tiers à peu près de l'île appartenant aux confréries religieuses et aux mainmortes, sont presque entièrement déserts, et complétement inculte. C'est en vain que la loi·s'efforce de réduire les Siciliens à l'obéissance; ceux-ci ont recours pour sy soustraire aux violences les plus odieuses, menaçant de leurs poignards ou de leurs arquebuses (et ce ne sont pas de vaines menaces) les magistrats et les témoins qui pourraient les convaincre d'une multitude de crimes. La police aussi est impuissante, grâce au système de falsifications de tous les actes de l'état civil, système qui, ayant été suivi depuis maintes et maintes années, déjoue toutes les recherches et les investigations de l'autorité. Les dépositaires des actes composant l'état civil, c'est à dire des actes de naissance, de mort ou de mariage, avaient pour coutume de consacrer plusieurs feuilles de papier à chaque individu qui avait lieu de redouter la clarté du soleil et la voix de sa conscience. Sur une de ces feuilles l'individu en question était représenté comme vivant; sur la seconde il figurait comme mort; quelquefois une troisième feuille le désignait comme appartenant au sexe féminin, et lorsque les préfets ou les questeurs italiens envoyaient des inspecteurs pour s'informer de l'état civil d'un suspect, on leur présentait l'une ou l'autre de ces feuilles selon les circonstances du moment. La colonne mobile chargée, pendant les années précédentes, de délivrer la Sicile des bandes de brigands qui la parcouraient dans toute son étendue, fit dix-huit cents prisonniers, dont le plus grand nombre

avait immolé plus d'une victime; des êtres qui
ne conservaient plus rien d'humain que l'aspect,
et celui-ci même altéré et dégradé. Je ne parlerai pas de l'étrange entêtement des Messinois
qui envoyèrent à trois reprises le contumace
Mazzini au parlement, quoique le parlement
même les eût avertis de l'illégalité de leur élection. Je ne parlerai pas non plus du dernier soulèvement de Palerme, pendant lequel on vit un
peuple fanatique jusqu'à la férocité, et excité
par l'esprit de vengeance d'un clergé ignorant
et cupide, commettre des atrocités que ma plume
se refuse à raconter; mais je ferai observer seulement qu'un peuple qui fait usage de sa liberté
pour se ravaler au niveau des bêtes féroces, a
besoin d'une tutelle rigoureuse et de répressions
sévères. Cependant à travers ces scènes douloureuses et ces coupables excès, le naturel souple
et capable de progrès, l'esprit ouvert aux enseignements de la morale et de la civilisation,
nous apparaissent souvent dans le peuple sicilien. La lâcheté est un vice qui lui est étranger
et qui n'a aucune affinité avec les autres vices
dont il est malheureusement l'esclave. Tous les
officiers italiens qui ont eu sous leurs ordres des
conscrits siciliens, se louent de leur courage et
déclarent que leur naturel sombre, dissimulé et
cruel, s'ouvre et se corrige sous l'influence de la
discipline militaire. Ils disent que le soldat sici-

lien de retour auprès de ses foyers, y porte des germes féconds de moralité et un certain respect pour ce qui est bon et vrai auquel il était complétement étranger lorsqu'il revêtit pour la première fois l'uniforme militaire.

Les soldats congédiés siciliens peuvent devenir les premiers maîtres de la vie civilisée pour leurs concitoyens. Mais si la tâche de civiliser la Sicile leur est confiée exclusivement, cette œuvre difficile ne sera pas achevée dans un siècle. Un Silicien s'est distingué parmi ses compatriotes par son intelligence, son activité, sa moralité et son patriotisme courageux; cet homme est aujourd'hui préfet de Palerme. Cela prouve que notre gouvernement est heureux d'employer les instruments de civilisation que le pays lui présente, mais il ne peut les créer. Il appartient donc à tous ceux qui se sentent supérieurs aux basses passions de la populace, et capable de contribuer n'importe à quel degré à la réforme de conditions sociales aussi misérables et aussi honteuses, de se concerter entre eux, et de se vouer à une entreprise aussi sacrée : fonder des écoles non seulement pour les enfants, mais aussi pour les adultes, et les y attirer en leur offrant des notions variées et amusantes, auxquelles ces natures curieuses, ces intelligences promptes et ouvertes à tout rayon de lumière, ne demeureront plus longtemps insensibles ; établir de petits centres d'industrie autour desquels hommes et femmes trouvent un emploi peu fatigant et un gain équitablement réparti ; ouvrir ces magasins appelés coopératifs, dans lesquels l'acheteur participe au gain du vendeur, et qui déjouent les complots de ce dernier pour dépouiller le premier en doublant et en triplant le prix des objets de première nécessité. Je voudrais aussi que l'on ne dédaignât pas d'offrir à ces populations quelques amusements et quelques distractions dont l'effet serait de rendre un peu de sérénité à leur humeur et d'adoucir leurs mœurs. Je leur enseignerais un peu de musique ; je leur ferais chanter des chœurs que le public serait curieux d'entendre, lors même qu'il n'y serait admis que moyennant le paiement d'une fraction de franc, laquelle servirait ensuite à récompenser les chanteurs.

Ces tentatives, ces essais, doivent naturellement être modifiés pour les accommoder aux divers caractères des populations ; mais toute institution ayant pour objet d'occuper leurs loisirs, et de polir leurs mœurs sans ajouter de nouveaux vices aux anciens, serait bienfaisante, et l'expérience nous enseignerait bientôt à en modifier le plan primitif.

Voyons maintenant les progrès opérés en Italie depuis l'année 1860, et par quels moyens notre gouvernement est parvenu à les réaliser.

Les deux principaux instruments de civilisation qui sont à la disposition d'un gouvernement placé dans les conditions du nôtre, sont : la construction de nouvelles routes et l'établissement d'écoles pour le peuple. Les gouvernements précédents, dont le seul but était la conservation d'une autorité qu'ils employaient si pitoyablement, négligèrent expressément ces deux éléments du progrès national. Ils eussent désiré d'abord d'entourer leurs États d'une muraille inaccessible comme celle de la Chine; et ensuite la construction de nouvelles routes, ainsi que l'établissement de nouvelles écoles pour le peuple, coûtent de fortes sommes d'argent.

Les routes à travers les provinces méridionales des États napolitains, aussi bien qu'à travers la Sicile n'existaient que dans les cartons et les devis du ministre des travaux publics; et en effet, une excursion dans la pittoresque Calabre était aussi difficile, aussi fatigante et aussi coûteuse qu'un voyage au centre de l'Afrique ou de l'Asie. Dans les provinces centrales ou septentrionales de l'Italie, le même système n'était pas praticable; en premier lieu, parce que les gouvernements qui avaient précédé la restauration autrichienne en 1814 et 1815, et le gouvernement de Napoléon Ier, plus que tout autre, avaient déjà doté le pays d'un assez grand nombre de belles routes; que le concours d'étrangers qui se rendaient, de toute part, en Italie, eût rendu impossible l'abandon et la destruction de ces routes, ou eût fait de cet abandon un véritable scandale européen. Le gouvernement autrichien se vit donc forcé de laisser à ses États d'Italie le bénéfice qu'ils tiraient des travaux des gouvernements antérieurs, et il en fit de même au sujet des écoles communales instituées par l'impératrice Marie-Thérèse, ce qui eut pour effet de maintenir les populations rurales du nord de l'Italie dans des conditions morales et intellectuelles, peu brillantes, à la vérité, mais fort au dessus de celle du reste de l'Italie, la Toscane exceptée.

Les raisons mêmes qui avaient empêché les souverains absolus de l'Italie d'y construire de nouvelles routes et d'y fonder de nouvelles écoles, poussaient le gouvernement national de 1859 à enrichir sans délai le pays des unes et des autres.

Une circonstance particulière rendait encore plus urgent pour nous de combler les lacunes laissées délibérément par l'Autriche dans le système de nos routes. Je veux parler des chemins de fer qui ont changé de fond en comble les conditions morales, intellectuelles, matérielles et économiques de toutes les nations qui les adoptèrent. De ces voies nouvelles nous ne possédions encore que quelques lambeaux, et un plus grand nombre de projets, devant lesquels cependant tant d'obstacles s'élevaient de jour en jour qu'un siècle n'eût pas suffi à les aplanir et à les surmouter.

Le chemin de fer de Milan à Venise était achevé en 1859; mais il avait fallu plus de vingt ans pour le construire. Les quelques kilomètres de Milan à Monuza, auxquels on avait ajouté les quelques autres kilomètres qui conduisaient sur les collines placées en avant de la ville de Como, formaient le total des chemins de fer lombards. Le Piémont en était incomparablement mieux fourni, et la Toscane jouissait aussi de ce même avantage, quoique les chemins de fer de ce dernier État fussent exclusivement destinés à relier entre elles les villes de la Toscane, et ne dussent point se rattacher à un système de communications rapides entre les différents États de la Péninsule. Les chemins de fer de la Toscane ne pouvaient d'ailleurs se réunir qu'aux chemins de fer de l'Italie du nord, ou pour mieux dire, du Piémont, car dans les provinces situées au midi de la Toscane, les chemins de fer ne parcouraient que les environs de Naples ; et les États pontificaux se conservaient toujours purs de ces abominables inventions de la science moderne.

Toutes les provinces qui composent aujourd'hui le royaume d'Italie possédaient complexivement 1,472 kilomètres de chemins de fer, dont les chemins de fer du Piémont absorbaient la plus grande partie. En 1863, 1,287 kilomètres de nouveaux chemins de fer s'étaient ajoutés aux 1,472 de l'année 59 ; et si nous comptons les chemins de fer en construction à cette époque, nous arrivons au chiffre de 4,404 kilomètres qui monteront à 8,057 kilomètres en y ajoutant les lignes promises pour l'année 1869, c'est à dire à un tiers en sus du nombre de kilomètres possédé par la France, et trois fois autant que n'en possède l'Autriche, dans la mesure proportionnelle de l'étendue de leurs territoires et du nôtre.

Il ne faut pas oublier non plus que la configuration physique de l'Italie présente une multitude d'obstacles à la construction de ce qu'on appelle un réseau de chemins de fer. Dans les vastes plaines de la Belgique et de la Hollande, ainsi que dans celles de la France, à peine variées par de légers mouvements du terrain, la convenance et les besoins des populations sont les seules circonstances qui doivent être prises en considération lorsqu'il s'agit de déterminer dans quelle direction on construira une nouvelle route ; mais dans l'Italie centrale et dans l'Italie méridionale, c'est à dire au milieu de cette chaîne infinie de montagnes que l'on nomme l'Appennin et qui s'étend de trois côtés jusqu'à la mer, le placement d'un chemin de fer entre ces sommets et ces abîmes est d'une extrême difficulté.

Il suffit pour s'en convaincre de jeter un regard sur le chemin de fer qui mène de Turin et de Milan à Florence. Ce chemin, que l'on a conduit sur des hauteurs tout à fait interdites jusqu'ici à de telles constructions, a dû pourtant descendre aussi dans le lit d'un torrent qu'il parcourt pendant un long espace, de telle sorte que ses constructeurs eux-mêmes ont avoué que les réparations indispensables à l'entretien de cette route la rendraient chaque année impraticable pour un temps plus ou moins long.

Dans les provinces napolitaines, et surtout dans les Calabres et les autres provinces du mîdi, les difficultés seront encore plus considérables; et pour ne parler ici que des contrées bien connues de tous, je rappellerai seulement les obstacles qui ont retardé jusqu'à présent l'ouverture de la ligne du chemin de fer qui relie la ville de Gênes à ses deux rivières.

En Sicile aussi, les chemins de fer sont presque tous à construire : il y a plus, les routes ordinaires sont en petit nombre, et sont tracées au hasard, sans qu'une pensée générale et prévoyante aient présidé à leur direction pour les relier entre elles et les rendre véritablement utiles. Aujourd'hui pourtant l'on compte en Sicile 144,669 kilomètres de routes ordinaires, et les plans sont arrêtés pour la construction de 163,840 kilomètres des mêmes routes. Quant aux chemins de fer, la Sicile en possède à cette heure 780 kilomètres, à savoir : 160 de Palerme à Trapani en passant par Marsalla : 280 de Palerme à Catane; 145 de Messine à Catane et à Syracuse, 76 de Girgente à Licata, et 46 de Catanizette à Girgente.

Les provinces napolitaines sont aussi bien fournies de chemins de fer, puisqu'elles en possèdent à peu près 2,000 kilomètres qui se rattachent à ceux de l'Italie centrale et de l'Italie du nord, de sorte que le problème de rapprocher les funestes distances qui s'opposèrent constamment à l'unification de l'Italie, semble avoir été résolu pendant ces dernières sept années. D'aussi colossales entreprises ne peuvent être exécutées sans de grands sacrifices, et les routes italiennes, les chemins de fer surtout nous ont coûté et nous coûtent encore, en garantie d'intérêts des capitaux employés par des sociétés constructrices, d'énormes sommes d'argent. Le gouvernement italien a été souvent blâmé pour avoir entrepris sans délai d'aussi gigantesques travaux qui l'ont entraîné à des dépenses supérieures aux ressources dont il dis-

posait. Mais il est des moments et des situations
dans lesquelles la prudence la plus vulgaire est
infiniment plus dangereuse que la plus auda-
cieuse témérité, et ceux qui conseillaient à notre
gouvernement de construire, petit à petit et avec
la plus rigoureuse économie, les voies de communication destinées à rattacher entre elles les
différentes provinces de l'Italie, ne réfléchissaient pas que ces routes devaient être achevées
et livrées au public, avant de pouvoir songer à
combattre l'Autriche et à lui arracher cette partie de notre territoire qu'elle occupait encore,
même après notre rachat. Ceux qui ont pris
part à la guerre de 1866, et ceux-là mêmes qui
en ont été seulement les spectateurs attentifs,
connaissent parfaitement les avantages que l'on
a tiré de ces chemins de fer qui transportaient
en quelques heures d'une extrémité de la péninsule à l'autre les nouvelles, les régiments, les
parcs d'artillerie, les munitions de guerre, etc.
La guerre n'a duré que peu de mois, et quoique
le résultat de chaque fait d'armes n'ait pas
tourné à notre avantage, le succès final de la
guerre nous a été tellement favorable qu'il a dépassé nos plus ambitieuses espérances, et nous
n'avons pas essuyé de grands revers. Mais si la
Providence ne nous avait pas protégés si évidemment, si nous avions dû nous retirer à marches
forcées des champs de bataille, changer subite-

ment nos plans, ou chercher un refuge derrière les murailles de nos forteresses, le défaut de routes et de moyens rapides de communication eût pu causer notre ruine. Un gouvernement mis en présence d'aussi graves éventualités doit prévoir tout accident possible, et se tenir prêt à y parer. La guerre de l'Italie contre l'Autriche, entreprise lorsque nous ne possédions pas de moyens de communication rapides et sûrs, d'un bout à l'autre de le péninsule, eût été une déplorable folie, et pouvait attirer sur nous d'innombrables et d'irréparables malheurs.

Quoique l'Italie soit sillonnée en tout sens par des chaînes de hautes montagnes, et qu'elle possède conséquemment un grand nombre de sources, elle ne parviendra probablement jamais à se composer un système de navigation intérieure ou méditerranéenne. Cela tient à la hauteur excessive de ses montagnes, et à l'étroit espace laissé à leurs versants pour atteindre les bords de la mer vers lesquels ils s'inclinent. C'est ainsi que nos fleuves n'ont qu'un parcours peu étendu et fort agité depuis leur source jusqu'à leur embouchure ; ils bondissent de rochers en rochers, se précipitent en cascades, et ne parviennent jamais à calmer leurs flots ni à s'étendre à travers de vastes plaines comme celles de la France, de la Belgique, de l'Angleterre et de bien d'autres contrées. Ces utiles remplaçants des routes

ordinaires et des chemins de fer, du moins pour
ce qui concerne le transport des marchandises,
les canaux et les fleuves navigables, nous ont
donc été refusés, et peut-être nous le seront-ils
toujours. Nous en sommes, en quelque sorte et
jusqu'à un certain point, dédommagés par la
navigation marine, dite de cabotage, qui a lieu
le long des côtes de notre littoral. Cette navigation présente peu de dangers, grâce à la configuration plate et unie de nos rivages ; et la fré-
quence des ports, rades, etc., qui se succèdent
à peu de distance sur les bords de nos mers,
rend l'approche et l'atterrissement des petits
navires faciles et assurés. Tous les efforts de
notre gouvernement pour hâter la marche des
populations italiennes vers la civilisation n'ont
pas été absorbés par la construction de nouvelles voies de communication. Les écoles pour
le peuple sont un puissant élément de civilisation, et elles sont aujourd'hui très nombreuses
en Italie. En 1863, il en existait environ 30,000,
et quoique la majorité de celles-ci date d'une
époque antérieure à l'année 1859, presque toutes
les écoles primaires, établies dans les provinces
méridionales, et en Sicile surtout, sont dues à
notre gouvernement. Elles lui sont dues de deux
façons : d'abord parce qu'il les a créées, et ensuite, parce qu'elles sont entretenues au frais de
l'État, tandis que, dans les autres provinces du

royaume, un grand nombre de ces écoles sont défrayées par les communes, et plusieurs aussi sont entretenues par des dons ou par des legs individuels.

Si l'on nous demandait de prouver l'origine récente de cette diffusion de lumière intellectuelle, nous n'aurions qu'à mettre en regard de ces 30,000 écoles pour le peuple, le chiffre des *analphabets* qui en interceptent encore les rayons. Sur 1,397,924 enfants de l'âge de douze à dix-neuf ans, c'est à dire d'âge à avoir quitté les écoles primaires, et à passer aux écoles techniques ou aux écoles secondaires, 958,637 sont encore analphabets; c'est à dire que 361,725 savent lire et écrire, et 61,800 savent lire et rien de plus. Espérons que ces malheureux 958,637 enfants aient vu le jour avant l'année 1850, et qu'ils eussent dépassé l'âge d'entrer aux écoles primaires, lorsque ce bienfait fut accordé au pays; mais espérons surtout que cette tache énorme et vraiment honteuse dans notre foyer de lumière puisse se dissiper rapidement, et soit bientôt complétement effacée par les clartés qui en émanent plus abondantes de jour en jour.

Outre ces 30,000 écoles pour le peuple, l'Italie possédait déjà en 1863 : 81 corps scientifiques ou académies des sciences, arts et belles-lettres; 200 bibliothèques ouvertes au public; 10 observatoires astronomiques; 26 observatoires météorologiques; 13 musées d'archéologie; 13 sociétés pour la conservation et l'illustration des monuments nationaux; 12 députations pour la diffusion de l'histoire d'Italie; 20 institutions spéciales pour les beaux-arts et la musique; 5 écoles de perfectionnement; 19 universités; 125 lycées; 452 gymnases publics; 177 écoles techniques et 65 écoles magistrales pour les deux sexes. Je ne terminerai pas ce catalogue sans dire un mot des écoles du soir ou du dimanche, qui viennent d'être introduites dans un très grand nombre de nos communes rurales, et dans lesquelles les hommes les plus instruits du village, tels que médecins, syndics, secrétaires, pharmaciens, maîtres d'école, et souvent aussi l'un des desservants de la paroisse, enseignent gratuitement aux disciples de bonne volonté, et de n'importe quel âge, un peu d'histoire naturelle, de géographie, d'histoire moderne, des notions d'hygiène, et même quelques principes de droit naturel, international et constitutionnel. Ces écoles ont eu un succès qui a surpassé tout ce qu'on pouvait en attendre, du moins en Lombardie. On y voit des pères de famille qui s'y rendent assidûment pendant les soirées d'hiver, malgré la rigueur de la saison, la distance qui sépare les fermes isolées dans lesquelles ils habitent, du village où ils viennent chercher et recevoir l'instruction, et malgré le mauvais état des chemins vicinaux, souvent impraticables ou à peu près.

Il est juste d'observer aussi que certains chiffres que nous venons d'énoncer tout à l'heure n'ont pas réellement toute l'importance qu'on pourrait leur attribuer au premier aspect. Ce grand nombre d'universités, par exemple, ne signifie pas précisément que les étudiants d'Italie ne sauraient être contenus dans un nombre plus restreint de ces institutions. La véritable cause de cette quantité démesurée d'universités se trouve dans le fractionnement politique qui a toujours fait de l'Italie une agglomération de petits États jaloux et rivaux les uns des autres, chacun desquels avait la puérile prétention d'être complet et parfait dans sa petitesse, et de posséder ses propres instituts scientifiques, ses académies, ses bibliothèques, ses corps enseignants, etc. Le Piémont, la Ligurie, la Lombardie, la Vénétie, les deux duchés de Modène et de Parme, le Bolonais, la Toscane, et si je ne me trompe, les principautés de Lucques et de Masse et de Carrare, la Sardaigne, le royaume de Naples, la Sicile, et je ne sais si je ne dois pas ajouter aussi la république de Saint-Marin, possédaient chacune au moins une université, et les ménagements, peut-être excessifs, que notre gouvernement national croit convenable d'accorder aux préjugés autonomiques des provinces ita-

liennes, ne lui ont pas permis jusqu'ici de réduire ce nombre superflu d'universités. La même
cause doit être vraisemblablement attribuée à
l'existence de quelques-uns de nos observatoires
astronomiques, de nos académies littéraires, etc.,
et de ces institutions en général que l'on regardait comme un ornement et un embellissement
caractéristique d'une capitale; on les conserve aujourd'hui pour ne pas faire sentir aux
habitants de ces prétendues capitales, qu'ils
sont actuellement déchus d'une position qui leur
semble peut-être d'une grandeur regrettable.
Mais ces ménagements ne peuvent se prolonger
indéfiniment, et le nombre des établissements
scientifiques et enseignants sera tôt ou tard réduit selon la mesure des besoins du pays, c'est
à dire selon le nombre des jeunes gens qui s'y
rendent pour s'instruire.

Ce qui est certain c'est que si le nombre prodi-
gieux d'universités et d'autres corps enseignants
ne renferme pas la signification flatteuse qu'on
pourrait lui attribuer, il n'a pourtant rien qui
puisse nous humilier ni nous faire rougir; car
si le nombre des corps enseignant dépasse la
mesure de nos besoins actuels, ce n'est pas
que le nombre des étudiants soit diminué
récemment; ce défaut de proportion a pour
cause unique et évidente le changement survenu dans les conditions du pays; la concentra-

tion nationale, la destruction de presque toutes les frontières intérieures de l'Italie, et l'accroissement rapide des voies et des moyens de communication d'une province à l'autre. Le chiffre des universités italiennes sera certainement réduit; mais je doute fort qu'il puisse l'être jamais dans la mesure des universités de France et d'Angleterre, parce que la topographie et la forme extérieure de l'Italie s'opposent à un système trop absolu de centralisation. Si [les habitants des provinces méridionales de l'Italie, telles que les Calabres, les Abruzzes, la terre de Bari, d'Otrante et de Sicile, devaient envoyer leurs étudiants, soit à Pavie, soit à Padoue, je crains fort qu'ils ne préférassent renoncer pour eux aux bienfaits d'une éducation universitaire.

Avant de procéder à la suppression de quelques-unes de nos universités, il faut examiner soigneusement quelles sont celles qui peuvent être supprimées impunément, sans que la marche de l'instruction nationale, c'est à dire, de la civilisation, soit interrompue ou même ralentie.

Ce rapide examen de l'accroissement des moyens de communication entre les différentes parties de l'Italie et des établissements pour l'instruction populaire survenus dans ces dernières années, nous présente plus d'un sujet de satisfaction. Mais ce sentiment s'affaiblit lorsque

nous voyons l'influence plutôt augmentée que
diminuée du clergé dans les institutions consa-
crées à l'instruction publique. Cette prépondé-
rance était prévue par nous pour ce qui concerne nos provinces méridionales; mais les données statistiques auxquelles je me rapporte en
ces matières me montrent cette influence se
développant en Piémont, dans la Ligurie, la
Lombardie et la Toscane, non moins qu'en Sicile et dans les États napolitains. Si la découverte de tels faits me surprend et m'afflige ce
n'est assurément pas par aversion pour le clergé
catholique, ni moins encore pour la religion
dont le clergé se dit le ministre, mais seulement
parce que notre clergé peut être justement considéré, à fort peu d'exceptions près, comme hostile à l'ordre de choses récemment établi en
Italie, et parce que la jeune génération qui lui
est confiée ne peut s'inspirer à son école des
sentiments de loyauté, de patriotisme et de respectueuse confiance envers le gouvernement national, qui doivent composer le caractère de
tout citoyen d'un pays libre. Le clergé catholique est opposé aux libertés civiles, qu'il con-
fond trop souvent avec la liberté de la pensée
et de la conscience; libertés qu'il considère en
tout cas comme indissolublement liées l'une à
l'autre; et je suis loin de vouloir le contredire
sur ce point.

Je ne discuterai pas ici quel peuple est le plus heureux, de celui qui, asservi civilement et intellectuellement, mais accoutumé à son joug, n'en sent plus le poids, soutenu qu'il est par une foi aveugle dans tous les enseignements de son clergé; ou de celui qui, libre et indépendant, ayant conquis la reconnaissance de ses propres droits, a perdu pourtant le soutien intime et consolant de cette aveugle foi. Ces questions ont été posées et discutées quelques centaines de fois, sans avoir jamais reçu une solution qui rende superflue et impossible toute discussion à venir sur le même sujet. Le peuple italien a tranché la question par le fait de son propre choix. Le peuple esclave a voulu être libre et indépendant n'importe à quel prix, et il a réalisé ce désir ardent. Il ne s'agit plus aujourd'hui pour lui de décider laquelle de la liberté ou de la servitude telle qu'il l'a subie depuis le moyen âge, lui convient davantage. Ce qui lui reste à faire maintenant c'est à bien user de la liberté qu'il a conquise, et à préparer la génération qui doit lui succéder, à jouir pleinement des bienfaits que lui-même n'a su employer et développer qu'imparfaitement. Il s'agit de rassembler et de fondre tous les Italiens dans un sentiment commun de reconnaissance pour les dons obtenus, et dans la plus ferme, la plus inébranlable résolution de se soumettre aux plus durs sacrifices plutôt que de renoncer aux biens acquis, ou de s'en montrer indignes. Or, si tels sont les devoirs qui appartiennent à la génération actuelle et à celle qui lui succédera, je demande à quoi pensent et vers quel but tendent les pères de famille italiens, qui confient l'éducation de leurs enfants au clergé et surtout au clergé régulier, c'est à dire à l'ennemi de nos institutions, à celui qui voudrait nous ramener à l'esclavage matériel et intellectuel du moyen âge, et qui est chargé par son chef spirituel et temporel, par ce chef redouté et vénéré auquel aucun membre du clergé n'ose soustraire la moindre partie de son être, qui est chargé dis-je de ne transiger jamais avec l'ordre de choses actuellement en vigueur en Italie, mais de lui susciter autant d'obstacles et autant d'adversaires qu'il peut en trouver. Je connais un grand nombre de pères de famille qui partagent ces opinions sur le clergé, et pourtant plusieurs d'entre eux confient leurs enfants à l'éducation des barnabites, ou de telle autre corporation religieuse consacrée à l'éducation de la jeunesse. Ils justifient cette conduite singulière, en affirmant que les colléges tenus par des laïques sont si mal dirigés, et l'instruction qu'on y dispense si imparfaite, que l'on ne peut rien espérer d'une éducation si mal conduite. Nous ne contesterons pas que de telles critiques

ne soient en partie fondées; tout le système qui
nous a régi pendant tant de siècles et qui était
basé sur le despotisme le plus absolu, s'est
écroulé dans l'espace d'une heure, et a fait place
à une liberté sans bornes, c'est à dire à un re-
lâchement complet de toute règle et de tout
lien; les premiers effets d'un changement aussi
rapide et aussi imprévu ne peuvent être que
déplorables. Mais si, au lieu de les condamner
comme tels, et de chercher un refuge dans ce
qui nous reste de l'ancien système, comme si
celui-ci pouvait convenir à une nation libre, les
pères de famille appartenant aux classes élevées de la société s'appliquaient à corriger les
défauts de l'éducation donnée par les laïques,
ils ne s'exposeraient pas, et ils n'exposeraient
pas leurs enfants à un nombre incalculable de
périls et d'inconvénients, en les repoussant vers
un passé qui vient de disparaître, pour faire
place à un avenir diamétralement opposé à
celui-là.

Quoi qu'il en soit de nos défauts, de nos imperfections, de nos impatiences, de nos dé-
fiances, de notre indolence, etc., etc., nous ne
saurions désespérer d'un avenir heureux et glorieux. Si nous comparons ce que nous avons
accompli depuis sept ans, à ce qu'ont fait deux
autres peuples sortis comme nous subitement
d'esclavage pour prendre rang parmi les nations

libres et indépendantes, je veux parler des Grecs et des Espagnols, nous sentons se raffermir de plus en plus nos espérances. L'Europe compte aujourd'hui l'Italie parmi les puissances de premier ordre, et celui qui eût prédit il y a dix ans qu'on porterait de nous à cette heure un jugement aussi favorable, eût été considéré comme un fou, ou comme le plus impudent des flatteurs.

Puissent nos espérances se réaliser dans un avenir prochain, comme notre attente a été dépassée par le présent. Nous n'ajouterons que quelques mots sur notre politique extérieure, c'est à dire sur nos rapports avec les puissances étrangères.

Née, ou plutôt ressuscitée avec l'aide et par le concours de la France, de cette nation noble et généreuse, l'Italie pouvait être regardée par les autres puissances, comme inféodée à la France, et pouvait être traitée par elles, en conséquence, avec aussi peu de respect que de bienveillance. Il en a été autrement, et c'est de quoi nous devons rendre grâce à notre gouvernement et en particulier à ceux de nos hommes d'État qui ont dirigé nos relations diplomatiques, et qui ont su faire à l'Italie une situation toute nouvelle dans les annales européennes, une situation honorable et digne.

Les amitiés politiques sont pour l'ordinaire

très fragiles, tandis que les inimitiés qui leur correspondent ont de profondes et de fortes racines. Nous pouvions donc craindre que dans le cours des années qui suivirent 1859, les liens qui nous attachaient à la France ne vinssent à se rompre, et que la vengeance autrichienne, nous sachant dépouillés de la protection française, n'entreprît de nous rétablir dans notre ancien esclavage. Si les choses eussent suivi un semblable cours, nous aurions lutté sans doute, lutté avec honneur assurément, mais tôt ou tard nous eussions fini par succomber.

Le contraire est arrivé. Quoique nous n'ayons tenu aucun compte des engagements pris en notre nom par l'empereur Napoléon, lors de la paix de Villafranca, sa protection ne nous a jamais fait défaut, et par conséquent notre alliance avec la France n'a subi aucune altération. Et la persistance de cette alliance n'a point indisposé contre nous les autres puissances peu bienveillantes pour la France, et jalouses de sa grandeur et de ses succès. L'Angleterre nous a toujours conservé son amitié dans la mesure qu'elle même avait fixée dès 1848, c'est à dire en tout ce qui n'impliquait pas son intervention à main armée. La Russie s'est abstenue d'abord de prendre part à toute entreprise ayant notre destruction pour objet; et ensuite elle n'a pas tardé à nous reconnaître en notre qualité de nation libre et indépendante, en droit comme de fait. Lorsque la Prusse s'est vue dans une position difficile, et à la veille d'entreprendre une guerre périlleuse, elle a recherché notre alliance; et cette Autriche enfin, qui, il n'y a guère plus d'un an, soutenait à main armée contre nous ses prétendus droits à notre soumission, forcée aujourd'hui d'y renoncer, les déclare vains et non fondés, et fait profession de vouloir être à l'avenir l'amie fidèle de cette Italie que hier encore elle voulait renverser. Peut-être que ni l'empereur d'Autriche ni ses ministres ne s'expriment pas d'une façon aussi explicite; mais si nous lisons les journaux autrichiens de n'importe quelle nuance politique, nous y trouverons de semblables sentiments exposés dans les termes les plus flatteurs pour nous. L'Europe entière nous tend la main, et cette Italie toujours asservie, toujours déchirée par la discorde intérieure, méprisée et tournée en ridicule pour sa frivolité, sa vaine jactance et pour son impuissance à faire ce que toutes les autres nations européennes ont accompli depuis des siècles; cette Italie persécutée tour à tour par l'Europe entière, et considérée par elle comme une pépinière d'assassins révolutionnaires, brutalement opposés à toute idée d'ordre et à toute autorité, superstitieuse en même temps qu'impie, cette Italie, dis-je, a non seulement con-

quis aujourd'hui la liberté et l'indépendance, c'est
à dire la vie, mais elle a obtenu la bienveillance
et le respect de toutes les nations civilisées qui
l'ont admise dans leur société, et qui se réjouissent
avec elle de son singulier bonheur. Il n'y a pas
longtemps que l'Europe se voyait à la veille
d'une guerre qui pouvait devenir générale, et à
laquelle l'Italie eût probablement participé.
Aucune des puissances intéressées ne trahit en
cette occasion le moindre sentiment de défiance,
de mépris ou d'aversion envers l'Italie, et de
quelque côté que celle-ci se fût tournée avec
l'offre de son alliance, elle n'eût assurément
reçu ni un froid ni un dédaigneux accueil.

Nous devons, ai-je dit tantôt, rendre grâce
pour ces faits à la prudence, à la loyauté et à
l'habileté de notre gouvernement et en particulier à nos ministres des relations extérieures;
mais en examinant attentivement ces résultats,
ils nous semblent tenir du prodige, et devoir
être attribués à l'intervention d'une bienfaisante
Providence, qui a voulu nous dédommager de
tant de souffrances par nous endurées, en nous
accordant tous les dons que nous n'avons pas eu
la folie de méconnaître, et que nous ne nous
sommes pas montrés incapables d'apprécier et de
conserver. Quant à la part de mérite qui nous
revient pour avoir obtenu les généreuses sympathies des nations étrangères, je crois qu'elle se

réduit à l'exercice d'une seule vertu, avec laquelle nous avons surpris l'Europe qui nous en croyait entièrement dépourvus. Je veux parler de la modération. L'Europe était fatiguée des emphatiques exagérations de langage, auxquelles plusieurs de nos réfugiés politiques se livraient habituellement. Elle croyait que tous les Italiens parlaient dans le même style et partageaient les mêmes opinions, qui n'avaient pas même pour elle le mérite de la nouveauté, puisque depuis nombre d'années elle les avait entendues ou lues, de la bouche, ou dans les écrits des révolutionnaires français de 89 et de tous leurs imitateurs.

Lorsque les victoires de 1859 eurent rendu aux populations italiennes la faculté d'exprimer leurs idées, et d'exécuter leurs volontés, l'Europe vit avec stupeur une nation sortie de ses propres cendres reconnaître et abjurer en les maudissant ses erreurs, répudier ses haines et ses jalousies intestines ainsi que ses utopies exagérées et impraticables, se serrer unanime et concorde autour d'un trône constitutionnel, et s'y maintenir constante et satisfaite pendant tout le temps qui est déjà tombé dans le domaine de l'histoire, c'est à dire depuis 1859 jusqu'à ce jour.

L'Europe comprit alors que les émigrés italiens n'étaient pas la nation italienne tout entière; que l'Italie pouvait jouir d'une liberté sage et régulière, occuper le rang élevé auquel le chiffre de ses populations, son histoire, et le caractère de ses habitants lui donnent le droit, sans que pour cela des bandes de soi-disant républicains, se précipitassent sur les contrées environnantes, et leur enlevassent la paix et la civilisation; l'Europe comprit que l'Italie rachetée de sa servitude, en même temps que d'un grand nombre de vieilles et de funestes absurdités révolutionnaires, était destinée à s'élever rapidement au niveau des nations les plus éclairées et les plus civilisées, et chacune des puissances européennes souhaita s'en faire une amie pour la trouver telle lorsque le besoin de son amitié se ferait sentir.

Aujourd'hui l'Italie n'a point d'ennemis, et nous pouvons espérer qu'elle demeurera long-temps ainsi, puisque nous ne voyons pas pour elle d'occasion prochaine de lutter ou de rivaliser avec aucune des puissances européennes. La nation italienne n'ayant point de passé, n'a pris aucun engagement ni avec elle-même ni avec autrui qui puissent s'opposer à la consolidation de ses relations pacifiques avec l'Europe entière. L'Angleterre seule pourrait voir dans l'Italie une émule et une rivale future dans la Méditerranée; mais la puissance maritime de l'Angleterre est tellement supérieure à celle que nous pourrions acquérir dans l'espace d'un siècle, lors même que nous n'aurions d'autre ambition que de l'égaler dans la Méditerranée, qu'elle peut sans imprudence attendre au moins un demi-siècle avant de ressentir contre nous le plus faible sentiment de jalousie. Quant aux autres puissances européennes, l'Italie ne descendra pas dans l'arène pour leur contester le sujet de leurs ambitions. Elle ne contestera pas à la Russie sa suprématie en Asie, non plus qu'à la France sa domination sur l'Afrique septentrionale, ni ses prétentions sur la Belgique ou sur les provinces rhénanes, ni à la Prusse son absorption des petits États germaniques, ni même à l'Autriche une compensation à ses pertes, lors du démembrement de l'empire ottoman dans quelques-unes de ses provinces occidentales. Le grand-seigneur lui même n'a rien à craindre de l'Italie, qui n'ambitionne aucun des lambeaux de son empire, et qui ne songe pas par conséquent à en hâter le déchirement et le partage. La cour de Rome seule nous regarde avec défiance et aversion, et nous ne saurions l'en blâmer, car son existence et celle du royaume d'Italie, sur le sol italien sont incompatibles avec la paix; et l'Espagne aveuglément dévouée non seulement à l'Église romaine et à la religion catholique, mais à la personne de son pontife et à son pouvoir temporel, nous regarde aussi avec peu de bienveillance et voudrait nous repousser dans le néant.

Nous n'essaierons pas de hâter par nos actes la chute du pouvoir temporel, mais nous croyons la voir dans un avenir peu éloigné, et nous ne conspirerons pas pour en prolonger l'agonie. De quelque côté que nous tournions nos regards, nous ne voyons que des présages de paix pour notre patrie, qu'aucun danger ne semble menacer de la part de l'Europe. Si nous sommes assez sages pour ne pas nous créer d'ennemis, de dangers et de catastrophes, nous avons devant nous plusieurs années de tranquillité pendant lesquelles il nous sera permis dé procéder au développement de nos institutions et de nos libertés.

CHAPITRE II

Presque toutes les nations européennes ont marché sur des voies ou des lignes parallèles, et pendant à peu près le même nombre de siècles, pour aller de la barbarie du moyen âge, jusqu'à la civilisation de notre époque. Quelques-unes ont marché d'un pas plus rapide et plus ferme, aidées qu'elles étaient par leur naturel ou par des circonstances favorables, tandis que d'autres sont demeurées quelque peu en arrière; mais toutes ont le visage tourné du même côté, toutes ont rencontré les mêmes obstacles, toutes les ont combattus avec les mêmes armes et les ont surmontés plus ou moins complétement au prix de sacrifices plus ou moins grands. Celles de ces nations qui n'ont pas encore atteint le point

6

culminant occupé par la majorité des États européens, sont certaines d'y parvenir sous peu en suivant les traces de celles qui les ont devancées. Les étapes sont pour ainsi dire marquées par l'histoire, qui nous enseigne comment les peuples formèrent, en se groupant, les États; comment ils tendirent d'abord à s'agrandir au dépens de leus voisins ; comment les petits groupes, ayant été absorbés par les plus grands, disparurent de la scène, et comment les chefs des nations déposèrent de temps à autre l'épée pour s'occuper d'ordonner leurs conquêtes et d'affermir leur autorité. Tous eurent à combattre le même adversaire, le féodalisme. Les puissants barons du moyen âge qui avaient aidé un membre de leur propre caste à amasser des trésors et à former des armées, afin d'élever et de maintenir leur nation au dessus d'autres nations moins nombreuses et plus faibles, ou même pour les absorber dans la leur, devinrent bientôt les rivaux du chef par eux choisi et créé. Ce fut alors que commença la lutte des monarchies contre la féodalité; lutte qui fut aussi longue que terrible, et dans laquelle les monarchies triomphèrent grâce à l'abus de la force et du pouvoir, à la perfidie et à la cruauté. Plusieurs des maisons régnantes à cette heure en Europe portent encore la peine de leur origine dans la défiance et dans la secrète aversion que leur autorité, et quelquefois même leur

seul nom inspirent aux peuples qu'elles régis-
sent.

L'Italie seule a suivi d'autres voies. L'Italie
seule a une histoire qui n'appartient qu'à elle.
Pendant que les autres nations européennes,
formées d'éléments barbares et nouveaux, et
des restes peu nombreux des anciens sujets
de l'empire romain, essayaient leurs premiers
pas vers la civilisation, l'Italie s'affaiblissait
et dépérissait. Berceau de ce peuple extraordinaire, qui avait créé pour son propre usage une
civilisation prématurée, quoique grande, et
belle, l'Italie fut toujours une exception dans
l'histoire. Elle n'a jamais oublié, ni complétement
abjuré l'ancienne civilisation romaine, mais
elle en conserve encore les lambeaux qui ne sont
pas en opposition directe avec le christianisme,
ni avec les notions modernes du droit et de la
morale.

Les arts et les sciences, absolument inconnues
aux nations barbares qui fondirent sur l'Europe
en venant du nord et de l'orient, ont été de tous
temps chéris et honorés par les Italiens. Les
populations de notre péninsule ne sont jamais
tombées dans ce profond abîme d'ignorance et
d'asservissement, indispensable à la formation
d'un pouvoir absolu iniquement exercé, tel
qu'il devait l'être pour inspirer le respect et la
crainte aux hordes germaniques qui furent le

principal élément des nations modernes. Les Italiens n'ont pas à se reprocher la barbarie et la licence effrénée; mais l'obéissance aveugle à des chefs habiles et ambitieux, la brutale énergie des haines et de la cupidité, l'ignorance de leurs droits, toutes ces passions et tous ces vices dont la Providence s'est servie dans un but salutaire, et dont nous admirons aujourd'hui les bienfaisants résultats, tout cela leur a fait défaut.

Tandis que les nations européennes rejetaient loin d'elle avec mépris tout ce qui n'était pas vertu guerrière; tandis qu'elles se soumettaient tremblantes à leurs chefs plus habiles, plus rusés et plus cruels que ces nations mêmes, les Italiens fiers de leur civilisation et de leur supériorité intellectuelle, regardaient les barbares avec dédain, et croyaient les anéantir par leurs moqueries et par leur mépris.

Plus tard lorsqu'ils apprirent à les craindre, ils apprirent aussi à les employer comme leurs instruments. Le sentiment de la nationalité si puissant de nos jours n'étant pas éveillé alors, il arriva souvent que les habitants d'une cité italienne empruntèrent les armes des nations nouvelles pour châtier une autre cité italienne, ou pour en tirer vengeance, ou pour l'affaiblir à tel point qu'elle ne pût plus se soutenir d'elle-même. Cette civilisation, si généralement répandue et si également distribuée dans toute la péninsule et dans toutes les classes de ses habitants, devint, dès ces premiers temps, un obstacle à l'agrandissement d'une de ses parties au dépens de l'indépendance des parties voisines, et aussitôt qu'un citoyen avait obtenu quelque autorité dans sa ville natale, et menaçait les villes voisines, celles-ci se réunissaient pour punir l'ambitieux, et si elles ne suffisaient pas à la tâche, elles appellaient les nations guerrières établies au delà des Alpes, et les attiraient par l'offre de fortes récompenses, d'un riche butin, ou d'un accroissement de puissance. La féodalité qui eut d'abord une si grande influence sur la composition de la nouvelle société politique de l'Europe, ne put se développer de même en Italie, parmi ces nombreuses cités qui absorbaient l'activité et l'énergie des populations, tout en réduisant à une condition inférieure et secondaire les communes rurales, siége naturel du pouvoir féodal.

Les campagnes italiennes ne prirent jamais qu'une faible part à la vie politique; et les hommes qui s'emparèrent passagèrement du pouvoir, et qui représentaient pour nous les barons féodaux du Nord, étaient des citoyens, ils habitaient les villes, ne s'élevaient au dessus de leurs concitoyens qu'en s'appuyant sur eux en gagnant leur affection, ou en servant leurs intérêts, et s'ils ne parvenaient pas à les obtenir

6.

ils étaient presque toujours renversés et anéan-
tis, leurs biens étaient confisqués, et leurs familles ainsi que leurs adhérents subissaient
dans l'exil la peine d'appartenir à un ambitieux
maladroit.

Depuis la dissolution de l'empire d'Occident
jusqu'à nos jours, l'Italie a toujours suivi les
mêmes voies, et n'a jamais goûté de paix. Ses
populations on toujours été guidées et aveuglées
par des passions cupides et ambitieuses; rivales
les unes des autres, et vendant leur indépendance à ceux qui détruisaient celle de leurs
voisins.

L'Italie possédait alors de grandes richesses;
elle était en outre douée d'énergie, d'activité,
d'intelligence, de génie pour les arts et pour les
sciences, de monuments et de bibliothèques en
plus grand nombre peut-être que tout le reste
de l'Europe prise en masse. Ce qui manquait à
l'Italie ce n'était pas seulement l'élément de bar-
bare vigueur nécessaire à la formation d'une
nation et d'une société nouvelles; c'était aussi
l'espace. Les États qui se formaient dans la Péninsule, ne pouvaient se développer ni s'étendre
dans la mesure de leurs besoins, parce que à
peu de distance de leur centre, ils rencontraient
d'autres États, d'autres populations également
ambitieuses, actives et intelligentes, poussées
par les mêmes passions et par les mêmes inté-

rêts, qui disposaient des mêmes moyens, et les hostilités commençaient aussitôt. Ces chocs sans cesse répétés, ou, pour mieux dire, perpétuels, étaient la chose du monde la plus opposée à la formation et au développement de cet instinct national qui relia entre elles, dès le commencement du moyen âge, les populations diverses mais issues d'un même tronc, et soumises au même chef; et s'ils ne suffirent pas à détruire chez les Italiens le patriotisme, ce sentiment complexe, formé de tant d'éléments divers, ils lui imprimèrent une fausse direction; et ils l'affaiblirent en le réduisant à ce qu'on nomme aujourd'hui le patriotisme de clocher, ou le municipalisme.

Ces malheureuses tendances nous ont servi de guide jusqu'au commencement du siècle actuel.

Le peuple italien, doué pourtant d'une intelligence si prompte et si vaste, traversa tout le moyen âge et une partie de l'ère moderne, sans comprendre la raison des événements qui se succédaient autour de lui, et sans découvrir la cause de ses propres malheurs. Maître de l'Europe entière pour tout ce qui concernait les sciences et les arts, il était demeuré constamment plongé dans la plus profonde ignorance des vérités et des principes qui composent la science de la politique. Le caractère italien

n'avait encore subi, au commencement du dix-
huitième siècle, que de légères modifications, il
portait encore l'empreinte de cette paresse efféminée qui distingue les classes privilégiées des
nations qui se sont élevées au dessus de leurs
voisines, non pas seulement par la violence,
mais à l'aide d'un degré supérieur de civilisation.

Les Italiens n'avaient pas oublié les faits et
gestes de leurs ancêtres les Romains, et ils les
opposèrent avec hauteur aux exploits des nations modernes. L'orgueil humain est toujours
prompt à s'accommoder aux instincts et aux
circonstances de tous ceux qui le flattent, en y
cherchant un appui. Accoutumés, depuis tant de
siècles, à confier à d'autres nations toute cette
partie de nos intérêts qui ne pouvaient être défendus que par des actes belliqueux, et une activité matérielle constante, nous avions conservé la vieille habitude de considérer les faits
et gestes guerriers, et l'exercice de la force
physique comme des choses trop au dessous de
nous, et trop grossières pour notre délicatesse, et
nous nous entretenions dans nos funestes et puériles illusions à cet égard, en affectant de regarder les soldats par nous appelés à combattre
nos ennemis comme s'ils composaient encore les
bandes mercenaires des anciens *condottieri* dont
nous disposions à notre fantaisie, selon les con-

seils de notre discernement et de notre intelligence supérieure. Les conséquences d'une civilisation trop prolongée pesaient sur nous. La
jeune énergie du sang germanique n'avait pas
retrempé notre constitution affaiblie et usée.
Vers la fin du dernier siècle, les classes privilégiées de la société italienne se distinguaient
par la culture de leur intelligence, mais la qualité n'en égalait pas l'étendue. Les arts et les
lettres n'étaient remarquables ni par leur origi-
nalité, ni par leur profondeur, ni par leur gravité; et l'on s'efforçait de remplacer ces dons
épuisés, en imitant les étrangers et en recourant
à des puérilités. La foi religieuse des classes
éclairées avait subi de terribles assauts, et avait
fini par y succomber en partie; tandis que la
superstition populaire n'avait rien perdu de sa
violence primitive, ni de sa proverbiale cécité.
Tant de siècles vécus sans que les Italiens don-
nassent à leur activité un but digne d'occuper
et d'intéresser une nation, commençaient à être
sentis par les Italiens eux-mêmes qui s'étaient
insensiblement résignés à occuper une position
secondaire parmi les nations européennes; et
cette position devenait de jour en jour plus humiliante. Les Italiens n'avaient jamais serré ce
lien qui unit entre eux les diverses populations
d'un État et qui les constitue en nation. Les
Vénitiens voyaient dans les Génois leurs enne-

mis les plus implacables et leurs plus ambitieux rivaux. Les Lombards redoutaient la cupidité des Savoyards et des Piémontais, et le fameux mot de l'artichaut les poussa plus d'une fois à implorer l'appui de l'Allemand ou du Français contre ce conquérant redouté. La petite Toscane fractionnée en autant d'États qu'elle comptait de villes, n'avait commencé à se fondre en un seul État que depuis l'établissement d'un archiduc autrichien en qualité de son souverain. Le pape avait donné de tout temps aux Italiens le funeste exemple d'appeler l'étranger à soutenir ses prétentions et à le défendre contre les seigneurs romagnols. Le royaume de Naples envahi par les Normands, puis par les Angevins n'avait jamais connu l'indépendance, et ne savait pas encore qu'il appartînt à l'Italie. La Sicile, grecque à son origine, puis arabe, avait joui de sa dynastie normande qui n'était pas la même établie à Naples, et elle se cramponnait au souvenir de cette époque, comme aux monuments de son indépendance, se révoltant journellement contre la maison de Bourbon qui régnait à Naples. Les vertus et les habitudes guerrières n'avaient jamais été cultivées ni honorées en Italie, et peu à peu la molle influence de notre climat, s'ajoutant aux tendances efféminées qui résultent naturellement d'une existence passée dans le luxe, le repos, l'ai-

sance, et dans l'absence de tout souci, comme
de tout danger, la société italienne était devenue
un sujet de sarcasmes et de moquerie pour
l'étranger, et pour le petit nombre de mâles intelligences qui brillaient encore parmi nous.
Les factions littéraires et les intrigues domestiques simulaient encore quelques restes d'énergie, et donnaient quelques étincelles de passion.
Mais l'étranger qui eût parcouru l'Italie vers la
moitié du dix-huitième siècle pour étudier le
caractère de ses habitants, et en prédire les
destinées, eût fait de notre avenir le plus triste
pronostic. La société italienne semblait arrivée
au dernier degré de la décrépitude, et on pouvait s'attendre à la voir incessamment disparaître de la scène d'action des sociétés modernes,
abandonnant ces champs fertiles et ces trésors
de monuments historiques accumulés pendant
tant de siècles, aux nations vigoureuses et con-
quérantes dont elle était entourée.

Le nom d'Italiens serait devenu pour la pos-
térité ce que sont pour nous les noms des Celtes,
des Étrusques, des Arméniens et de tant d'autres
peuples, un jour civilisés et grands, mais qui
n'ont pas su se renouveler et se retremper en
acceptant les circonstances nouvelles qui exi-
geaient d'eux de nouvelles forces et de nouvelles
facultés.

L'Italie en était là, lorsque les premières idées

d'une liberté civile et politique se firent jour en Europe. Les abus du pouvoir absolu, et les excès des aristocraties qui persistaient à traiter les citoyens et les habitants des campagnes, comme les feudataires du moyen âge traitaient les serfs attachés à la glèbe, voulant impudemment les mêmes droits, et la même supériorité naturelle, avaient allumé, dans le cœur des classes opprimées, un profond et implacable ressentiment. Ni les citoyens, ni les habitants des campagnes ne possédaient de droits reconnus par la loi et par la noblesse. L'exercice de quelques industries avait répandu parmi les citoyens un certain degré de civilisation et d'aisance, qui ne pouvait plus s'accommoder d'un traitement qui avait convenu aux natures brutales et complétement incultes des anciens serfs. La réforme religieuse, victorieuse depuis quelques années en Angleterre, en Allemagne et en Suisse, avait combattu avec succès l'ignorance des basses classes, et soutenait la sainteté de leurs droits en leur promettant une victoire complète sur leurs tyrans.

En France, au contraire, dans ce pays si passionné pour tout ce qui est nouveau, la réforme religieuse n'avait eu qu'un succès d'un jour, et la main lourde, rude et maladroite de Louis XIV avait écrasé les novateurs en même temps qu'elle signait la condamnation de leurs doctrines. Ce roi qui fut appelé le Grand, parce que son règne fut long, se flattait d'obtenir l'indulgence divine pour le dérèglement de ses mœurs, en vengeant Dieu des prétendues offenses qu'il recevait des réformateurs, et en les forçant par les tortures et les supplices à feindre des croyances qu'ils maudissaient dans leurs cœurs. Mais lorsque la lumière a pénétré dans les intelligences, il n'y a ni force brutale ni violence qui suffise à l'en extirper. La France paraissait tranquille et soumise; mais ce n'était qu'une trève, et la résistance qu'on croyait à jamais étouffée reparut au moment opportun, et elle fut invincible.

Les gouvernements de l'Allemagne n'étaient pas disposés à combattre les nouvelles doctrines qui semblaient leur promettre l'appui du peuple contre les descendants et les héritiers des barons détenteurs de fiefs et de leur autorité.

Joseph II et Léopold doivent certainement être comptés parmi les plus libéraux des hommes qui s'assirent sur un trône. L'Italie reçut d'eux les premières notions de liberté civile, et des droits de tous; et elle les reçut, comme de pareilles idées doivent être reçues pour qu'elles produisent leurs effets légitimes et salutaires; c'est à dire sans l'accompagnement de passions brutales et violentes, sans le stimulant du désir de vengeance, de la colère et de la cruauté, qui

7

poussaient presqu'au même instant les populations françaises à adopter, à réaliser et à exa-
gérer ces nouvelles doctrines. Ce fut, à mon avis,
un grand bonheur pour nous, que d'avoir reçu
les idées que l'on nomma depuis révolutionnaires, par cette voie régulière et pacifique; car
je doute fort que nos mœurs de plus en plus dis-
solues, le scepticisme des classes éclairées, la
superstition des ignorants, et l'épuisement de
notre énergie qui allait en s'éteignant de jour en
jour, nous eussent permis de les conquérir
comme l'ont fait les Français; ou si, même en
supposant cette conquête achevée par nous,
nous ne serions pas tombés dans un accès de
frénétique amour de la liberté qui nous eût lais-
sés, après son excitation fébrile, plus abattus et
plus impuissants qu'auparavant.

Quoi qu'il en soit, la Providence nous a épar-
gné ce danger. Lorsque l'écho de la révolution
française et des doctrines qui l'avaient provo-
quée, traversa les Alpes et retentit aux oreilles
des sujets de Joseph II et de Léopold, il ne
leur apporta rien de nouveau, ni d'inconnu.
L'égalité d'origine, de nature et de droits pour
tous les hommes, les devoirs des souverains envers leurs sujets, la sainteté et l'inviolabilité de
la loi lorsqu'elle est acceptée par les peuples
et ne leur a pas été imposée par l'autorité, la liberté de conscience et l'absurdité tyrannique de

ceux qui prétendent commander à la pensée, les nombreux systèmes d'économie politique et de finances, toutes ces doctrines avec leurs corollaires, qui avaient été lancées comme de terribles projectiles sur les sociétés européennes, écrasant, bouleversant et anéantissant leurs anciennes maximes, leurs lois vieillies et leurs croyances corrompues, avaient successivement et lentement pénétré en Italie, et avaient imprimé une direction nouvelle aux esprits cultivés. Le peuple ne s'y intéressait que faiblement et demeurait à peu près tel qu'il avait été par le passé; mais les multitudes habitaient les villes; et les populations rurales sont toujours restées en dehors de tout mouvement politique; le résultat de ces circonstances diverses était que les doctrines du dix-huitième siècle n'étaient ni attaquées, ni défendues par personne avec emportement.

Les passions révolutionnaires qui bouleversaient en France toutes les existences, attirèrent sur ce pays la colère des souverains européens qui avaient à la vérité consenti à éclairer par degré les classes civilisées de leurs sujets, de la part desquels ils ne craignaient pas d'excès dangereux pour leur autorité; mais ils redoutaient la contagion de la révolte pour le peuple toujours disposé à la violence.

Les puissances du nord, du midi et de

l'orient de l'Europe, s'allièrent contre le peuple régicide qui donnait à leurs sujets de si horribles et de si séduisants exemples, et ce fut alors que commença la propagande des doctrines révolutionnaires dans toute l'Europe par l'intermédiaire des armées françaises.

Serrés de près, et menacés de toute part, les Français s'arrêtèrent dans leur œuvre de destruction générale de tout ce qui avait composé jusque-là leur société, retenus par l'urgent besoin de défendre leurs frontières et le sol de leur patrie, contre des forces infiniment supérieures aux leurs, et auxquelles s'étaient jointes toutes les victimes de la révolution de 89. A la nouvelle du danger qui menaçait la France, les cruautés contre tout citoyen qui pourrait être soupçonné de peu d'amour pour le nouvel ordre de choses redoublèrent un instant, et le régime de la terreur atteignit son apogée. Mais en même temps et en peu de jours, des multitudes de citoyens de toutes les classes et de tout âge, s'inscrivirent sur les rôles, résolus à empêcher à tout prix que la France ne partageât le sort de l'Italie, c'est à dire qu'elle ne devînt la proie de l'étranger, et l'apanage de princes étrangers. Le peuple français était à cette époque dans un tel état d'excitation qu'il pouvait entreprendre et accomplir des prodiges. Des légions de citoyens à peine chaussés, mal vétus, et encore plus mal payés, parce que les finances du gouvernement révolutionnaire étaient à peu près épuisées, marchaient vers la frontière avec une ardeur et un enthousiasme irrésistibles; ils en chassaient l'ennemi, foudroyant et anéantissant les armées autrichiennes, prussiennes, anglaises, espagnoles, etc., et les poursuivant avec fureur jusque dans leurs États.

Les soldats de la république française avaient la conscience d'une double mission à remplir; ils devaient vaincre les troupes de la coalition, assurant par là l'indépendance, c'est à dire l'existence de leur patrie, et exciter à la révolte, par leur présence même, par leurs discours et par leur exemple, les peuples encore asservis et aveugles qui composaient les armées ennemies. Cette double mission, les Français la remplirent, en grande partie, sinon complétement. Les combats se succédèrent pendant plusieurs années et toujours avec le même éclatant succès de la part des troupes françaises. Et l'on peut croire en effet que la Providence employa alors la France comme son instrument pour l'exécution de ses plans, car elle lui suscita à cette époque un jeune héros, natif de l'île de Corse, qui obtint à son début le commandement d'une armée et qui devint bientôt un colosse de puissance et de gloire. Napoléon Bonaparte

revenait de l'Égypte où il avait gagné ses épau-
lettes, et il en revenait lorsque l'Europe reten-
tissait des premiers cris de victoire poussés par
les Français. Dans les quelques jours qu'il passa
à Paris, il parvint à détruire ce qui restait encore d'un gouvernement détesté et méprisé par
la population tout entière, et à établir à sa
place une autorité régulière qui sût fournir aux
nécessités de la situation et qui laissât respirer
le pays. Il partait ensuite accompagné par les
acclamations forcenées de tout un peuple, et il
allait commencer contre l'Europe sa merveilleuse
épopée.

Pendant la durée du premier empire français, l'Italie fut enlevée aux puissances qui en
avaient fait jusque-là une de leurs provinces,
mais personne, ni l'empereur des Français, ni
l'Italie elle-même ne songeait qu'elle pût faire
autre chose que changer de maître, une fois encore, comme elle avait fait si souvent. La partie la
plus éclairée de notre péninsule oscillait depuis
quelque temps entre la domination française et
l'autrichienne; tandis que le midi était encore
attaché à l'Espagne, c'est à dire qu'il formait
l'apanage du prince héréditaire de la branche
des Bourbons établie sur le trône des Espagnes.
La Révolution française ne produisit pas en
Italie d'aussi grands effets, et n'y excita pas
une émotion aussi vive que dans le reste de

l'Europe. Les esprits les plus actifs, hardis et amateurs de nouveautés, répétaient avec emphase les axiomes et les maximes révolutionnaires qui avaient été mis en action avec une terrible précision par les Français; mais ils les acceptaient comme des doctrines philosophiques et légales, et non pas avec cette foi enthousiaste et vigoureuse avec laquelle elles avaient été conçues, proclamées, et réalisées en France. Les esprits élevés et cultivés de l'Italie avaient reconnu et formulé ces vérités mêmes, avant que la France les eût proclamées; mais ils les considéraient comme fort au dessus de l'intelligence des peuples, et dangereuses pour la santé sociale. Les idées révolutionnaires qui formaient en France la règle imprescriptible de la vie de chaque citoyen, des actions privées et journalières de chacun et de tout sentiment humain, étaient pour les libéraux italiens des idées vraies, justes, mais abstraites. Les Français voulaient les mettre en pratique toutes, toujours et n'importe à quel prix. Les Italiens les regardaient comme impraticables. Pour les Italiens, que l'on me pardonne de le répéter encore, la conséquence principale de la révolution et de l'empire français, c'était le changement de domination, la retraite de l'Autriche, et l'occupation française; et de tels faits s'étaient déjà reproduits plusieurs fois.

Lors des premières victoires de la France en Italie, les Français portaient encore le costume et parlaient le langage de républicains et de libérateurs. Les libéraux italiens composèrent donc tout d'abord le parti français; et les partisans du passé, ceux que nous appelerions aujourd'hui conservateurs ou rétrogrades, se serrèrent autour du drapeau autrichien. Cette disposition, ce partage des esprits dura jusqu'en 1814 et 1815; pour cette seule raison qu'ils avaient été formés sous l'impression des doctrines révolutionnaires, professées par les conquérants dans les premières années de ce siècle.

Bientôt pourtant ces doctrines ne se firent plus entendre. Les démonstrations républicaines cessèrent; les noms, les vêtements, et les ameublements que les Français avaient imités des Grecs et des Romains, des Phéniciens, des Étrusques, des Gaulois, etc. etc., firent place à des noms et à des objets plus en harmonie avec les mœurs modernes. L'Italie n'assista qu'à la dernière heure de cette révolution qui avait semblé d'abord destinée à déraciner le vieil univers, pour lui substituer un univers nouveau et créé par elle. Tout ce qui avait été condamné à disparaître de la surface de notre globe, comme vieux et usé, reparut bientôt sur la scène du monde, et reprit la place qu'il avait antérieurement occupée. L'observateur peu profond qui serait arrivé en Europe dans le courant des années qui se succédèrent de 1805 à 1815, et qui l'eût parcourue sans en connaître l'histoire récente, n'eût rien vu, si ce n'est une nation guerrière et puissante, essayant, et avec de bonnes chances de succès, la conquête de toutes les autres nations. Il n'eût certainement pas deviné que cette nation conquérante avait juré naguère de détruire le culte, la noblesse, l'hérédité des richesses, la différence des conditions sociales, la guerre elle-même; qu'elle avait proclamé la loi agraire, et versé des torrents de son propre sang pour atteindre ce but.

Ce qui est positif et certain, c'est que ni la France de l'empire ni aucun des pays conquis par elle, et incorporés à l'empire, ne jouissaient alors de cette liberté que peu d'années auparavant les Français jugeaient aussi nécessaire à leur existence que l'air même qu'ils respiraient. Le triomphe de leurs armes les dédommageait de la perte de leur liberté et en était leur seule compensation. Quant aux Italiens, qui n'avaient pas subi la même fièvre révolutionnaire, ni partagé toute l'étendue de leurs espérances, ils n'étaient pas tombés d'aussi haut. Lorsqu'ils étaient devenus Français, ils avaient compris seulement qu'ils avaient cessé d'être Autrichiens, et n'ayant pas

ajouté une foi trop aveugle aux promesses de
liberté que leur apportaient les conquérants,
ils s'accommodaient du pouvoir impérial français, à peu près comme ils avaient accepté le
pouvoir autrichien. Les novateurs ou libéraux
et les conservateurs ou rétrogrades n'étaient
plus aussi exactement répartis entre la France
et l'Autriche, qu'ils l'avaient été lorsque le
drapeau tricolore français avait paru de ce côté
des Alpes. Les Français comptaient parmi leurs
partisans : les amateurs de nouveautés, les ambitieux avides de titres, de pouvoir et de re-
nommée, les imaginations vives, naturellement
entraînées vers le luxe, la pompe et tout ce
qui éblouit les multitudes ; la jeunesse qui recherche les sociétés amusantes et élégantes, et
dans cette catégorie on remarquait plusieurs
jeunes femmes spirituelles et brillantes ; les
tempéraments belliqueux, et les esprits atteints
de scepticisme qui voyaient avec douleur la superstition populaire et l'influence exercée par
un clergé ignorant et corrompu ; enfin tous les
vrais amis des arts et des sciences, ces adversaires naturels des tendances aristocratiques et
des Autrichiens, qui ne tiennent aucun compte
de la valeur morale et intellectuelle de l'individu et ne lui permettent ni de s'élever au niveau de la noblesse héréditaire ni de partager
les priviléges accordés à cette dernière.

Le parti autrichien se composait : des cœurs timides qui voyaient dans le peuple une bande de bêtes féroces prêtes à les dévorer, pour peu que le joug qui pesait sur elles fût le moins du monde allégé; et ce joug préservateur étant attaché par les liens de l'ignorance, il en résultait que ces esprits, dominés par la peur, abhoraient les doctrines nouvelles d'après lesquelles le peuple avait droit à l'instruction primaire, et les classes instruites étaient tenues de leur administrer ce bienfait; les esprits superstitieux qui attribuaient aux sciences et aux savants la funeste prérogative d'allumer la colère divine; et celle-ci étant, selon ces théologiens, non moins aveugle que la colère des hommes, descendrait en éclatant sur les innocents comme sur les coupables, et les envelopperait tous dans la satisfaction d'une cruelle vengeance. Nous pouvons ajouter à ceux-ci, les grands seigneurs qui, gorgés de titres et de décorations, frémissaient à la seule pensée de les perdre, ou de les voir partager par ceux qui ne les avaient pas reçus à leur naissance; certains ambitieux qui adoraient le pouvoir absolu parce qu'ils en avaient exercé une fraction quelconque, ou parce qu'ils espéraient l'exercer un jour; les cœurs fermés à tout sentiment doux et élevé, insensibles aux souffrances d'autrui, durs, égoïstes, incapables de tout sacrifice, et surtout de ceux qui ont pour objet le soulagement et le perfectionnement graduel du peuple; et en dernier lieu tous les ambitieux du parti opposé, dont l'ambition n'avait pas été suffisamment flattée et satisfaite.

Ces derniers étaient nombreux, et tous les mécontents en général du gouvernement français suivirent peu à peu leur exemple. Les parents de tant de victimes immolées à la satisfaction de l'ambition démesurée d'un seul homme, les citoyens épuisés par d'énormes impôts qui allaient toujours croissant, les artisans condamnés à une humiliante et ruineuse infériorité par la rivalité des artisans français; les chefs de famille qui attribuaient la légèreté et la corruption des mœurs de la jeunesse au mauvais exemple et à l'immoralité des Français; et pour tout dire en un mot, la masse des mécontents que tout gouvernement, tout régime quel qu'il soit, est inévitablement condamné à produire, par la raison fort simple qu'il est impossible de satisfaire tout le monde, et que tout le monde pourtant veut être satisfait; tous ces mécontents à tant de titres divers se tournaient vers l'Autriche, à laquelle ils portaient des renforts continus. Lors de la conquête française, plusieurs s'étaient déclarés pour les nouveaux venus, parce que la lourde monotonie du gouvernement autrichien les avait fatigués. Mais tous ou presque tous ceux qui ne s'étaient pas unis aux Français pour des motifs plus sérieux et plus dignes, étaient retournés à l'Autriche et n'attendaient plus qu'une occasion favorable pour se déclarer et pour ramener les anciens maîtres en deçà des Alpes. Si j'écrivais l'histoire des années 1814 et 1815, je montrerais combien de mesquines passions, de sordides intérêts et de basses intrigues contribuèrent à nous pousser dans l'abîme. La guerre de Russie porta le mécontentement des Italiens à son comble, et la malheureuse campagne qui se termina par la destruction de l'armée française presque entière et par une levée en masse de l'Europe contre la France épuisée, offrit aux Italiens l'occasion désirée de rentrer sous la domination autrichienne.

La condition politique de l'Italie n'était pourtant plus identiquement semblable à celle dans laquelle elle s'était trouvée si souvent en passant d'une domination étrangère à une autre, pendant les siècles écoulés depuis la chute de l'empire d'Occident. Les doctrines nouvelles enseignées à nos populations par les princes de la maison d'Autriche et par le roi Charles de Bourbon, n'avaient pas été frappées de stérilité, et n'étaient pas tombées dans l'oubli.

Les esprits portés à l'étude des spéculations intellectuelles et abstraites, les avaient reçues comme des doctrines philosophiques, dont ils commençaient à entrevoir l'application possible. Plusieurs de nos soldats avaient atteint des grades supérieurs dans l'armée italienne, et ils craignaient que l'Autriche ne refusât de reconnaître leur élévation. Tous en général comprenaient d'ailleurs que, si les promesses de liberté apportées en Italie par les légions républicaines françaises avaient été impudemment trahies, ces mêmes promesses faites par le successeur du gouvernement républicain à la nation française elle-même, n'avaient pas été mieux respectées, et tous, Italiens et Français, imputaient tant d'infidélité à l'ambition démesurée de l'empereur Napoléon. Ce fut cette conviction qui produisit en France l'épisode des cent jours ; et qui donna lieu en Italie à plusieurs tentatives pour renverser la tyrannie impériale, moyennant l'acquisition de quelques institutions libérales, et tout en évitant de retomber sous la domination autrichienne.

On voulait rajeunir et fortifier le pouvoir napoléonien, et celui de quelques-uns de ses lieutenants en Italie, en y introduisant l'élément vivifiant de la liberté. Ce désir, qui ne fut pas partagé par les masses parce qu'elles ne le comprenaient pas, eut pour résultat les entreprises de Joachim Murat et d'Eugène Beauharnais, comme il avait produit en France les exigences

libérales de Benjamin Constant, de Lafayette
et de quelques autres. Ceux-ci voulaient conserver et soutenir Napoléon, tout en lui enlevant
le pouvoir absolu dont il avait abusé ; tandis
qu'en Italie on s'efforçait de soutenir les lieutenants impériaux, tout en les détachant de leur
chef et en les plaçant à la tête de gouvernements
constitutionnels, aussi nouveaux pour ces princes
que pour leurs sujets. Mais personne, excepté
peut-être l'empereur lui-même, ne comprenait
que le régime impérial ne faisait avec la personne de l'empereur qu'une seule et même chose ;
et que dépouillé du pouvoir absolu, le Napoléon
des années écoulées n'existait plus. On ne connaissait pas non plus, dans toute son étendue,
la nullité des lieutenants impériaux, et on ne
se faisait pas une juste idée du degré d'impuissance auquel ils se trouveraient réduits, si on les
séparait de l'empereur. Mais tout cela parut
avec évidence sur le champ de bataille de Waterloo, lorsque Napoléon, désormais soumis à
une constitution, apprit à douter de lui-même et
des siens, et qu'il fut vaincu par l'Europe coa-
lisée.

L'Italie retombait au même instant sous l'ancien joug. Mais ici encore je dois faire mention
d'une circonstance dont je ne trouve pas d'exemple dans l'histoire italienne des époques anté-
rieures à celle-ci. Au moment de franchir les

Alpes et de rentrer en possession de notre territoire, les Autrichiens jugèrent bon de renouveler les promesses de liberté que les Français nous avaient prodiguées, quelques années plus tôt. Les libertés promises par les Autrichiens en 1814 et 1815 n'étaient pas à beaucoup près, les libertés révolutionnaires proclamées par les Français ; mais précisément parce qu'elles étaient modérées et contenues dans de certaines limites, on pouvait espérer qu'elles seraient plus solides, et produiraient des effets plus salutaires et plus durables. L'Autriche nous promit un gouvernement séparé et en quelque sorte indépendant du pouvoir résidant à Vienne ; la Lombardie et la Vénétie ne seraient plus de simples provinces de l'empire d'Autriche ; mais elles formeraient un royaume ; le royaume Lombardo-Vénitien serait annexé à l'empire. Nos impôts seraient fixés dans la mesure de nos besoins et de nos moyens ; non plus dans celle des besoins de l'empire. Des troupes italiennes défendraient nos frontières, et assureraient la tranquillité publique à l'intérieur.

Ces promesses que le chef de la maison de Habsbourg fit aux députés de la haute Italie, qui s'étaient rendus à Vienne et à Paris lors des fameux congrès rassemblés pour disposer de l'Europe et de son avenir ; ces promesses, dis-je, furent proclamées en Italie par les partisans de la domination autrichienne, non pas comme de belles et séduisantes assurances qui pouvaient être réalisées, mais qui pouvaient aussi n'aboutir à rien, mais comme des faits accomplis et des bienfaits reçus, par conséquent certains, indestructibles, établissant sur de larges bases les libertés que la France nous avait promis en vain. Rien ne devait plus se faire en Italie, sans le consentement des Italiens ; et les Italiens dont les fortunes étaient épuisées et le sang appauvri, les Italiens qui se fatiguent sitôt de toute espèce de joug, et qui ne connaissaient pourtant encore d'autre régime que celui du joug, acceptaient avec empressement le joug nouveau, pourvu que l'ancien dont ils ressentaient encore les meurtrissures, leur fût enlevé. Dans le reste de l'Italie, Les princes jadis chassés par les Français envoyaient les mêmes promesses, et obtenaient le même succès avec la même facilité. Tout fut arrangé promptement et l'année 1815, qui vit Napoléon à Sainte-Hélène, laissa l'Italie dans la même et identique position qu'elle occupait lors de l'invasion française. La maison de Savoie était maîtresse absolue du Piémont, de la Ligurie et de l'île de Sardaigne, qui donnait son nom au royaume tout entier. La Lombardie et la Vénétie étaient retombées sous la domination de l'Autriche qui y envoyait un archiduc avec le titre de vice-roi. Parme et Plaisance composaient un duché destiné à donner une couronne à la fille de l'empereur d'Autriche qui avait trahi son époux lorsque la fortune des armes l'avait abandonné. Modène et Reggio composaient un autre duché, qui fut offert à un archiduc de la branche d'Este ; la Toscane retournait à ses anciens maîtres autrichiens, comme tous les autres. Rome cessait d'être un département français, et redevenait l'asile du prêtre-roi, du successeur de saint Pierre et de tant de souverains qui ne brillèrent pas par leur sainteté.

Naples après avoir cruellement assassiné son roi napoléonien qui essayait de défendre son trône menacé par les Bourbons, Naples avait tendu ses mains sanglantes au roi Ferdinand et à la reine Caroline, couple vraiment digne de ce repoussant hommage. L'Italie était redescendue dans le tombeau. De toutes les promesses faites aux Italiens, pas une ne fut respectée. J'ignore si les partisans de l'Autriche, trompés par elle, réclamèrent et protestèrent ; mais je suppose qu'ils le firent, car ils ne tardèrent pas à devenir suspects et odieux aux princes qu'ils avaient replacés sur le trône. Après quelques mois de despotisme absolu d'une part, et d'obéissance sombre et affectée de l'autre, les libéraux recommencèrent à comploter contre l'Autriche. La première conspiration eut pour auteurs quelques officiers et quelques généraux de l'armée italienne désormais dissoute, qui ne pouvaient supporter la vue des régiments autrichiens si souvent mis en fuite par eux, et qui avaient perdu tout espoir de se retrouver à la tête de troupes italiennes. Celles-ci n'existaient plus, et l'on ne voyait en Italie que l'uniforme blanc. Les généraux Lecchi, Demestre et quelques autres, furent bientôt découverts et allèrent expier, dans les cachots de Mantoue, le crime d'avoir ajouté foi aux promesses de la maison de Habsbourg. A partir de cette époque, l'histoire d'Italie n'eut plus à enregistrer que des conspirations et des supplices.

La liberté civile et politique est un si grand bien qu'il suffit de l'avoir entrevue, ou seulement même espérée dans l'avenir, pour qu'il soit impossible ensuite de l'oublier et d'y renoncer.

Les Italiens n'avaient goûté que l'espoir de cette liberté; et on leur avait permis seulement d'en parler quelquefois. Aussi, quand les princes autrichiens et bourbonniens leur interdirent d'en prononcer le nom révéré, lorsqu'ils se montrèrent les incorrigibles despotes qu'ils sont et qu'ils seront toujours, les Italiens sentirent, pour la première fois peut-être, tout le poids de leurs chaînes; ils les maudirent, et ils se trouvèrent prêts aux plus grands sacrifices, pour parvenir à les briser.

Une pensée brilla soudain à l'esprit de ces

Italiens, qui avaient été naguère trahis par l'Autriche et par leurs propres passions.

La maison de Savoie n'avait jamais été l'alliée ni de l'Autriche, ni des Bourbons. Des trois frères qui avaient successivement occupé le trône de Sardaigne, pas un n'avait eu d'enfant mâle, et leur héritier présomptif était un prince de la branche de Carignan, élevé loin des cours, en France, comme un simple citoyen, et avec les enfants des citoyens, instruit, doué d'un esprit élevé, et formé à l'école des modernes doctrines civiles et politiques. Si les libéraux italiens de cette époque eussent été moins impatients, ils eussent attendu, pour l'entourer et le pousser à de grandes entreprises, que le cours naturel des événements l'eût porté sur le trône. Mais les conspirateurs considèrent toujours le temps comme leur ennemis; ils croient que le moment qu'ils ont choisi pour conspirer est le seul propre à l'exécution de leurs projets, et que celui qui agit promptement est le seul qui puisse bien agir. Nos libéraux, qui avaient ajouté foi aux promesses mensongères de l'Autriche, et qui ne pouvait contenir l'indignation que les trompeurs leur inspiraient, décidèrent qu'ils en tireraient vengeance dans le courant de l'année 1821.

Naples, qui avait aussi sa trahison à venger, donna son assentiment aux projets formés dans le nord, et promis de se soulever au jour fixé. Le prince de Carignan hésitait pourtant encore. Ses principes étaient droits et solides; mais sa position était des plus délicates, et il manquait de résolution.

Ses meilleurs amis, les hommes les plus considérables du Piémont, l'illustre Santa-Rosa, le prince de la Cisterne, le marquis de Saint-Marsan et plusieurs autres, insistaient avec force pour qu'il se proclamât le protecteur de la liberté en Italie; et le prince de Carignan, incapable de résister plus longtemps à de telles instances, pressé d'ailleurs par les mouvements de son propre cœur, encouragé par l'absence du roi, son oncle, qui lui avait confié en partant le pouvoir royal, céda enfin, donna le signal de l'insurrection, et accorda aussitôt une constitution aux insurgés; ou pour mieux dire, il leur promit qu'ils en auraient une. Je n'écris pas ici, l'histoire de nos conspirations et de nos révolutions depuis l'année 1814, jusqu'en 1859. Je fais mention de celle-ci, parce qu'elle marque le premier pas fait par les libéraux italiens vers la maison de Savoie, et parce qu'à partir de 1821, tous les Italiens qui essayèrent de délivrer leur pays, se tournèrent avec plus ou moins d'insistance, avec plus ou moins de confiance et de succès, vers cette ancienne et royale famille.

La révolution de 1821 fut domptée comme toutes les autres, parce qu'elle était le fruit

d'une conspiration, et que toute conspiration
devant être conduite dans l'ombre et le mystère,
ne saurait revêtir le caractère indispensable
pour le succès des révolutions, c'est à dire la
publicité et la généralité. Les conspirations
pouvaient réussir, lorsque les peuples et leurs
passions obéissaient à certains individus, et
étaient accoutumés à servir des causes qu'ils ne
comprenaient pas. De nos jours, au contraire,
les peuples ne s'intéressent et ne s'émeuvent
que pour des idées qu'ils partagent et pour des
intérêts qui les touchent. Mais une longue et
cruelle expérience pouvait seule convaincre les
conspirateurs de la vérité de cette sentence ; et
avant que cette conviction eût pénétré dans
tous les esprits, on ne manquait pas d'imputer
à quelqu'un le triste résultat de chaque insurrection. La révolution de 1821 fut promptement
comprimée et la faute en fut imputée au prince
de Carignan. Il fut probablement la cause de
son malheureux succès, le jour, et de la façon
qu'il eut lieu. Il avait cédé aux instances de ses
amis, tout en sachant qu'il jouait par là sa couronne et l'avenir de l'Italie qu'il se proposait de
délivrer lorsqu'il serait monté sur le trône. A
peine la révolution avait-elle éclaté qu'il comprit qu'elle serait réprimée. Deux routes lui
étaient ouvertes : persister dans la fatale entreprise, et tomber avec elle, en perdant tout es-

poir de succéder à son oncle, et d'opérer la
rédemption de l'Italie moyennant le pouvoir
qu'il devait hériter de lui ; ou bien se retirer
promptement de l'entreprise en abandonnant
ses amis et en manœuvrant de façon à ce que
son oncle demeurât incertain, sans pouvoir décider s'il avait été rebelle volontairement, ou si
la faiblesse de son caractère l'avait rendu victime de l'audace des libéraux. Ce dernier parti
lui laissait quelques chances de se maintenir à
la place qu'il occupait auprès du trône et quelque espoir de succéder au trône de ses aïeux.
Ce fut celui qu'il choisit, attirant par là sur lui
la défiance de tous, c'est à dire des conservateurs, de la cour, de l'Autriche et des libéraux.
Charles Félix ne lui pardonna jamais sa conduite en 1821, et il le traita depuis lors comme
un homme qu'il tolérait pour des raisons à lui
connues, mais pour lequel il n'avait ni amitié ni
respect. Son éloignement pour son neveu était
si évident que personne n'osait témoigner au
jeune prince la considération ni la déférence
dues à son rang. Serait-il exclu de la succession
au trône de Sardaigne ? Tous croyaient son
exclusion vraisemblable et plusieurs la regardaient comme certaine. Mais Charles Félix appartenait aussi à la maison de Savoie. Ennemi
des nouvelles doctrines, superstitieux, bigot,
dévoué au pape et au clergé catholique, natu-

rellement dur et vindicatif, presque toujours sourd à la voix de la pitié, Charles Félix détestait l'Autriche et sa domination en Italie. L'Autriche lui prodiguait cependant les promesses et les menaces pour l'engager à déshériter son neveu et à transmettre sa succession au duc de Modène, à un archiduc d'Autriche.

Cette puissance aurait obtenu, si l'on en croit les bruits qui se répandirent alors, que le pape joignît ses instances aux siennes propres. Mais à mesure que l'Autriche trahissait le très vif intérêt qu'elle prenait à l'exclusion du prince de Carignan de la succession de son oncle, Charles Félix se sentait de moins en moins disposé à accorder à l'Autriche la satisfaction qu'elle réclamait. La lutte ne fut pas longue, mais elle fut des plus acharnées. Quelques années après la malheureuse entreprise de 1821, Charles Félix fut atteint du mal qui devait le conduire rapidement au tombeau. Sentant sa fin prochaine, le roi appela auprès de lui les hommes les plus respectables et les plus importants de sa cour et du Piémont, et leur déclara que le prince de Carignan devait lui succéder, telle étant sa dernière et irrévocable volonté. Charles Félix, en mourant, posa les bases de la délivrance italienne.

Un élément nouveau qui devait contribuer puissamment à la résurrection de l'Italie, parut à cette époque sur la scène politique italienne.

Les regards de tous les libéraux appartenant aux classes élevées et cultivées, de ces libéraux qui soupiraient après l'indépendance et la liberté de la patrie, mais qui n'eussent pas consenti à les acheter au prix du désordre, de la frénétique fureur, et des malheurs qui obscurcirent le premier éclat de la Révolution française de 89 et de 93, les regards de ces libéraux honnêtes et intelligents commencèrent à se tourner vers la maison de Savoie. Les transports passionnés du peuple, tels que la liberté en avait excités en France, n'étaient pas à craindre en Italie. Notre peuple était à peu près indifférent aux notions généreuses de la liberté et du patriotisme; et les classes élevées qui avaient assisté aux scènes sanglantes de la Révolution française, hésitaient à secouer la léthargie populaire, préférant voir le peuple indifférent, plutôt que furieux et en délire. Mais de nos jours, les grandes transformations politiques ne sauraient être accomplies sans le concours du peuple. Quoique indifférentes aux idées de liberté, de dignité, de droit et d'honneur national, nos populations savaient bien ce qui manquait à leur bien-être matériel, et elles n'accordaient leur confiance qu'à ceux qui se montraient capables et disposés à améliorer leur condition. Celui qui leur eût promis la diminution des impôts et l'abolition de la loi de conscription, en eût disposé à son gré. Mais les libéraux italiens ne pouvaient rien entreprendre au contraire, sans plonger le pays dans des difficultés, passagères peut-être, mais graves et nombreuses. Ils étaient donc assurés de ne trouver aucune sympathie dans nos populations, et d'allumer la guerre civile en se révoltant contre les oppresseurs ultramontains, car les dernières classes de nos populations se seraient certainement rangées du côté de ceux qui exerçaient le pouvoir. Je ne sais comment les libéraux de cette époque eussent triomphé d'un pareil obstacle, si l'élément nouveau auquel je viens de faire allusion, ne fût venu à leur aide.

Ce fut un avocat génois, appelé Joseph Mazzini qui le découvrit. Où avait-il appris le langage du peuple, c'est ce que j'ignore; mais ce qui est certain, c'est qu'il sut se rendre intelligible aux masses, et exciter en elles des sentiments et des passions qui étaient demeurées jusque-là assoupies dans leurs cœurs. Il commença par s'adresser exclusivement au peuple, comme à la seule classe de citoyens digne de la liberté et capable des plus héroïques efforts pour l'obtenir; il flattait ainsi l'instinct des masses toujours hostiles à ceux qui, grâce à la richesse ou à la naissance, habitent une sphère plus

élevée que la leur, et se procurent des jouissances auxquelles elles ne peuvent atteindre.
Les écrits que Mazzini parvint à répandre
parmi le peuple contenaient un petit nombre de
pensées, mais claires et exprimées avec em-
phases et chaleur. Le style en était parfois
boursouflé et poétique, trop poétique même
pour l'intelligence de ses lecteurs ; mais il est
un langage qui, lors même qu'il n'est qu'imparfaitement compris, possède, je serais tentée de
le dire, une puissance magique ou magnétique
et qui se fait accepter d'un auditoire déjà envahi
par l'enthousiasme. Ce langage se compose de
mots dont le son suffit à émouvoir les sympathies passionnées du peuple, et c'était ce langage
qu'employait Mazzini. Il s'adressait aux hommes
du peuple qu'il appelait *les opprimés*, quoiqu'à
cette époque les classes populaires fussent réellement celles sur lesquelles l'oppression étrangère
se fît sentir moins pesamment. Mazzini s'adre-
sait aux jeunes gens, et aux ambitieux; il les
assurait que, moyennant un seul acte de courage ou d'audace, ils sortiraient de la foule et
parviendraient d'un bond aux honneurs et au
pouvoir. Il condamnait le passé en bloc, et tous
ceux qui appartenaient au passé ou qui en
faisaient l'objet de leurs méditations. Il appelait lâcheté la prudence, et faiblesse la modération. Le titre de roi suffisait à constituer un

tyran, et la forme républicaine de gouvernement était la seule qui convînt à un peuple
digne de la liberté. Les impôts étaient des vols
légaux moyennant lesquels les rois et leurs
courtisans remplissaient leurs poches aux dépens du peuple, dont ils opéraient la ruine. La
noblesse était un corps composé d'un grand
nombre de petits tyrans, bassement dévoués au
souverain, ignorants, du reste, orgueilleux,
ridicules, faibles de corps et naturellement
cruels. Et mêlant ainsi les hommes et les
choses que le peuple détestait avec les hommes
et avec les choses sur lesquelles il voulait
appeler la colère et la haine populaire, il faisait
un faisceau de tout ce qui avait des racines
dans le passé, sans s'arrêter à considérer si les
choses qu'il condamnait ainsi étaient excellentes
ou détestables. Selon le Mazzini de cette époque
l'univers avait toujours marché dans les voies
de l'iniquité et de l'impiété. La nation française
s'était révoltée vers la fin du dernier siècle
contre l'univers, et l'avait vaincu en donnant
pour la première fois des leçons et des exemples
salutaires, conformes à la justice et à la vérité.
Le seul devoir qu'avaient désormais les peuples, c'était de suivre les traces des révolutionnaires français.

Lors de ses débuts, Mazzini avait essayé de
se faire un allié de Dieu ; mais son Dieu était

celui des révolutionnaires français et non celui qu'adorent les peuples de l'Italie; c'était un Dieu sans culte, sans ministres, sans temples et je dirais presque sans lois. Tout cela composait une superstition perfide jetée sur le peuple pour l'aveugler et le livrer à un clergé qui s'était fait l'instrument de la tyrannie des rois. On me fera peut-être observer que de semblables doctrines n'ont rien ni de très original ni de très remarquable, et je souscris entièrement à ce jugement. Mazzini pourtant connaissait ceux auxquels il s'adressait et le but qu'il se proposait d'atteindre. On a beaucoup parlé de Joseph Mazzini et l'on a porté de lui les jugements les plus exagérés et les plus contradictoires. Les uns en ont fait une idole qu'ils invoquent comme le sauveur et le libérateur de l'Italie; comme l'auteur d'une nouvelle politique, propre à régénérer la nation italienne; comme un héros capable de tout sacrifier pour l'avantage de son pays; comme un homme doué d'une puissance d'action sur le peuple tellement extraordinaire, qu'une seule parole prononcée par lui, voire même sa seule présence, doit suffire à les transformer, en leur inspirant ce courage merveilleux et cette énergique résolution qui le distinguent du reste des humains.

D'autres au contraire ne voient dans Joseph Mazzini qu'un fanatique ambitieux, d'une intel-

ligence très bornée. Ses doctrines politiques ne
sont à leurs yeux que des vieilleries sans valeur,
moyennant lesquelles il s'efforce de dominer et
d'assouplir le peuple pour en faire le docile instrument de son ambition. Quelques-uns en
vinrent même à penser, en supposant qu'ils se
soient abstenus de le dire, que si jamais le
peuple italien adoptait réellement les opinions
de Mazzini et entreprenait de les mettre à exécution, la partie éclairée et instruite de la nation mise en demeure de choisir entre la domination étrangère et la tyrannie d'une populace
forcenée qui entreprendrait de renouveler les
sanglantes folies des révolutionnaires français,
que la partie éclairée de la nation, disais-je, pré-
férerait le premier de ces malheurs au second
et que personne n'oserait l'en blâmer.

Il ne m'appartient pas de prononcer entre des
jugements aussi divers, aussi opposés les uns
aux autres. Je crois que les intentions de Joseph
Mazzini, surtout au commencement de ce qu'il
appelle son apostolat, étaient pures et droites.
Je suis aussi d'avis que ses maximes et ses principes politiques ne sont qu'un écho des maximes
et des principes révolutionnaires des républicains français du siècle dernier, réduits simplement en théorie et dépouillés de cette violence
que l'action et la résistance des parties produisent d'ordinaire. Mais ce fut moyennant ces

doctrines bien connues, et erronées en grande partie, moyennant ce langage boursouflé et emphatique, que Mazzini parvint en très peu d'années à transformer le peuple italien et à lui inspirer la haine de toute domination étrangère, ainsi que l'amour de l'indépendance, de la liberté et de la patrie. Je ne sais si Mazzini avait la conscience de la mission qu'il remplissait ; mais je sais qu'il l'accomplit avec une étonnante rapidité. Ces populations, qui pendant tant de siècles n'avaient eu pour but que de se procurer les jouissances matérielles de l'existence, n'avaient éprouvé de répugnance et de colère qu'à l'égard de ceux de leurs semblables que le sort avait favorisés de préférence, adjurèrent soudain leurs vieilles haines et leurs vieilles aspirations, pour les confondre toutes dans une seule haine et dans un seul amour : l'amour de la patrie et la haine de la domination étrangère.

Celui qui aurait visité l'Italie dans l'intervalle qui s'écoula de 1840 à 1848, eût cru rêver. Ces populations ensevelies dans leur ignorance séculaire ; ces populations indifférentes à tout ce qui ne se rapportait pas directement à leurs besoins et à leurs intérêts matériels ; ces populations molles et efféminées, n'aimant que le repos, l'oisiveté et les jouissances sensuelles, sourdes à toute voix qui essayait de leur inspirer de nobles désirs ou l'amour d'un bien qui ne tombait pas sous leur sens, tel que la liberté, l'indépendance et la gloire; ces populations, dis-je, étaient transformées. Un je ne sais quoi de fier et d'assuré ajoutait à la noblesse de ces physionomies toujours belles, mais trop sensuelles jusque-là et plutôt fines qu'intelligentes.

La galanterie et l'amour, n'absorbaient plus l'ardeur de la jeunesse. Les mots proscrits de patrie et liberté étaient sur toutes les lèvres, et l'on voyait bien que le cœur les y avait poussés. L'ignorance, cette plaie mortelle imposée par le despotisme aux peuples qu'il a réduits en esclavage, et qui est d'ailleurs si peu conforme au naturel des Italiens, l'ignorance n'avait été ni combattue ni vaincue, faute de temps ; mais quelques idées fondamentales, exprimées avec clarté par les disciples de Mazzini, avaient suffi à en détruire les effets les plus pernicieux, et à attirer sur elle la défiance populaire comme sur quelque chose de mauvais, destiné à nuire au peuple. Aucune classe de la société, dans aucune province italienne, n'ignorait plus quelles sont les frontières de l'Italie, non plus que la communauté des devoirs imposés aux populations qui habitent le pays enfermé dans les mêmes frontières. On avait appris que le monde habité est partagé en nations; que les peuples composant ces nations sont unis entre eux par la communauté des intérêts, des droits et des devoirs, que le principal fléau de l'Italie avait été l'ignorance de ces vérités, et d'avoir pris l'amour du clocher pour l'amour de la patrie, nourrissant ainsi la jalousie et la rivalité entre les Italiens appartenant à d'autres provinces, et une respectueuse confiance envers l'étranger qui foulait aux pieds une partie quelconque de l'Italie. On savait que l'ignorance de toutes ces choses, et de bien d'autres encore, nous avait été imposée, et avait été soigneusement entretenue par l'étranger, afin de rendre l'Italie incapable de vivre de la vie des nations indépendantes et pour la fractionner à leur gré en plusieurs troupeaux d'esclaves. On savait que pour changer un semblable état de choses, il fallait se soumettre à d'incommensurables sacrifices de tout genre, et qu'en demeurant dans la condition actuelle pour ne pas s'exposer à de plus grandes souffrances, on renonçait à l'honneur et on acceptait le mépris universel. On savait aussi que l'honneur est le plus grand bien auquel un peuple puisse aspirer, et qu'il n'est pas pour lui de plus grand malheur que de le perdre.

Nous avions appris toutes ces choses, et nous croyions en elles avec une foi religieuse. Ces notions avaient tellement allumé les passions populaires, que tout autre stimulant avait

perdu sa puissance. La pensée du peu d'estime
que l'on accordait, à l'étranger, au caractère italien était un éperon qui labourait nos chairs et
déchirait nos cœurs, et le besoin de racheter
notre réputation en rachetant notre liberté devenait de jour en jour plus impérieux et ne
nous laissait plus une heure de repos.

Tout cela avait été opéré par quelques mots
de Joseph Mazzini, et quand l'Italie aura véritablement conquis le rang auquel elle a droit
parmi les grandes nations européennes, nos descendants devront écrire son nom sur le marbre,
et se souvenir toujours de ce qui lui est dû.

Les notions fournies au peuple par Mazzini
étaient accompagnées, comme nous l'avons déjà
dit, d'un grand nombre d'idées fausses ou exagérées : la haine et le mépris de tout ce qui a
joui par le passé d'un grand renom, et de ce qui
a exercé sur l'humanité une action puissante,
tel que la noblesse, la religion et la monarchie.

Aucun gouvernement, sauf le républicain, ne
pouvait respecter la liberté des peuples, et tout
roi était naturellement et nécessairement un
tyran. Ceux qui s'efforçaient de ramener dans
le vrai ces ardents et inexorables républicains,
recevaient pour réponse quelques hémistiches
d'Alfieri ou quelques couplets de Berchet.
L'idée prédominante à cette époque en Italie,
c'était la nécessité de l'expiation et le mérite

du sacrifice; de telle sorte que, si un esprit bienfaisant nous avait offert gratuitement la liberté
et l'indépendance, sans attendre de nous d'autre
concours que notre acceptation, je suppose que
nous aurions refusé ses largesses, et je suis certain en tout cas que le généreux donateur n'eût
éveillé dans nos cœurs qu'une amère rancune.
Nous soupirions après l'indépendance et la liberté; mais ce que nous voulions avant tout,
c'était de nous montrer dignes d'obtenir ces
deux biens suprêmes.

Une autre école de libéralisme italien avait
débuté simultanément à celle de Joseph Mazzini. Les fondateurs et les doctrines de celle-ci
ne ressemblaient aucunement ni à Mazzini ni à
ses maximes, si ce n'est dans la pensée fonda-
mentale et commune à tous, c'est à dire la délivrance de l'Italie, sa concentration en un seul
État, et l'imprescriptible légitimité de ses droits
à l'indépendance et à la liberté. Cette seconde
école ne s'adressait pas au peuple, qui ne l'eût
ni écoutée ni comprise. C'était une école de philosophie appliquée aux conditions spéciales de
l'Italie et à son avenir. Née en Piémont, de
Piémontais, elle déployait cette sage modération, ce respect pour les choses du passé qui
n'empêchent pas de leur substituer les choses
du présent et celles de l'avenir, lorsque les circonstances rendent ce changement désirable et

salutaire, cette fermeté enfin et ce patriotisme qui distinguèrent pendant tant d'années le libéralisme piémontais. Cette école eut pour chefs : Gioberti, Rossinni, Balbo et plusieurs autres encore moins célèbres peut-être, mais doués d'une intelligence non moins élevée et de sentiments non moins purs et irréprochables.

Je ne puis dire quels effets eût produits cette dernière école, si elle eût entrepris seule de tirer les Italiens hors de leur léthargie. Mais opérant simultanément, pour ainsi dire, parallèlement à celle de Mazzini, elle comblait une lacune qui aurait pu devenir, à un moment donné, c'est à dire au moment d'agir, dangereuse et nuisible au pays. L'école philosophique dont je parle en ce moment eut d'ailleurs cet immense avantage de convaincre la partie instruite et éclairée de nos populations, que la délivrance de l'Italie n'était pas seulement le rêve de quelques républicains fanatiques qui ne pouvaient rien perdre parce qu'ils ne possédaient rien, mais l'objet des aspirations et des efforts de ceux qui méritaient d'être désignés comme *i maestri di color che sanno* (1). Cette école réconciliait donc avec les idées révolutionnaires cette classe d'Italiens qui leur avait été jusque-là plus hostile; elle cal-

_____

(1) Locution employée par Dante, et qui signifie : *les maîtres de ceux qui savent*, c'est à dire *ceux qui enseignent aux savants.*

mait les appréhensions des cœurs timides qui n'avaient jamais cru qu'un soulèvement populaire contre les troupes aguerries et régulières de l'Autriche pût avoir un heureux succès, et elle obtenait l'adhésion des amis presque exclusifs de l'ordre et de la paix.

Le dernier obstacle au parfait accord et à l'unanimité des volontés italiennes venait ainsi de disparaître.

Nous approchions pourtant de 1848. Les classes éclairées de nos populations ne connaissaient qu'imparfaitement la transformation subie par les classes populaires, ou du moins, elles en ignoraient l'étendue et l'importance. Les plus jeunes rejetons de nos grandes familles étaient pourtant inscrits sur les rôles de la jeune Italie ; mais l'exagération des opinions et du langage, qui exercent une irrésistible influence sur les imaginations privées du frein d'une intelligence cultivée, leur répugnait. Ces jeunes membres de nos familles patriciennes et de la jeune Italie en même temps, formaient comme le trait d'union entre ces deux fractions des libéraux italiens. Leur concours à tout ce qui serait entrepris d'un côté ou de l'autre en faveur de la patrie, n'était pas douteux. D'une extrémité à l'autre de l'Italie on n'avait qu'un seul rêve : l'indépendance et la liberté. De 1831 à 1848 plusieurs révolutions avaient été tentées et quelques-uns de nos jeunes représentants de nos plus illustres familles y avaient concouru; mais ces révolutions, issues de complots tissus à l'étranger par les réfugiés politiques dont Joseph Mazzini était le chef, avaient eu les plus tristes résultats; et le sang de nos libéraux les plus dévoués avait coulé sur tous les échafauds de l'Italie.

Les premiers flots de ce sang avaient redoublé la haine des populations contre les souverains, et rendu l'abîme qui séparait ceux-ci de celles-là plus difficile à combler et à franchir. Mais, au bout de quelque temps, la nature désespérée de pareilles tentatives frappa les conspirateurs eux-même, et le bon sens des Italiens leur montra qu'en persistant dans cette voie, ils affermiraient la puissance de leurs maîtres, et les aideraient dans l'exécution de leurs projets iniques, c'est à dire dans l'anéantissement du libéralisme italien; moyennant quoi ils parviendraient à l'exercice incontesté de leur pouvoir abborré. Il fallait trouver d'autres moyens pour atteindre le but qu'on se proposait.

Cependant les libéraux qui fréquentaient les cours, s'efforçaient d'éveiller une généreuse ambition dans le cœur des princes, en les excitant à devenir les libérateurs et les régénérateurs de leur patrie. Ils leur disaient: Qu'est-ce qu'un trône de second ou même de troisième ordre, soutenu par

une force étrangère, et sur lequel vous ne pou-
vez vous maintenir qu'en obéissant à celui qui
dispose de cette force, comparé à la gloire d'être
le libérateur, le sauveur, le père de votre pays?
Si vous refléchissez un instant, vous serez saisi
par la noble ambition de repousser loin de vous
une couronne que vous ne portez qu'au prix de
l'honneur national, et vous ne consentirez à la
reprendre que de la main des Italiens libres et
indépendants, qui vous l'offriront en témoignage
de leur reconnaissance, pour la liberté et l'indépendance qu'ils tiendront de vous.

C'est ainsi que deux jeunes Lombards, Cyrus
Menotti et Misley parlaient au duc de Modène
en 1830 et 1831. Le duc était ambitieux, cruel,
rusé et peu soucieux de tout ce qui ne servait
pas ses propres intérêts. Il crut un instant que
la route tracée par ces jeunes gens pouvait le
conduire à l'agrandissement de son territoire et
à l'accroissement de son importance. D'ailleurs
en se montrant disposé à écouter leurs conseils,
il était presque certain de les amener à lui découvrir tous les projets des libéraux italiens. Il feignit
donc de les écouter avec intérêt, et il parvint
aisément à les attirer dans le piége. Chacun connaît le résultat de ces manœuvres, Cyrus Menotti
expia sur l'échafaud sa confiance dans une créature de l'Autriche; et Misley avec plusieurs de
ses amis allèrent grossir la foule de ces réfugiés

politiques envers lesquels la France et l'Angleterre se montrèrent si lontemps prodigues de
secours et d'hospitalité.

Mais vers l'année 1848, l'état des choses semblait avoir subi quelques modifications. — Pie IX
en prenant possession du saint-siége, avait prononcé des mots qui avaient trouvé un puissant
écho dans le cœur des peuples qu'ils avaient ému
profondément. — Pie IX s'était déclaré Italien,
ami de la liberté et de l'indépendance de tous les
peuples, ennemi de toute violence. Cela suffit
pour que les Italiens vissent en lui un nouveau
messie envoyé par Dieu pour leur rachat. Quelques-uns allèrent même jusqu'à songer à étendre
sur l'Italie tout entière le pouvoir temporel
qu'il exerçait sur une fraction de la péninsule.
Quelques membres du clergé bien connus pour
l'élévation de leur esprit et l'étendue de leurs
connaissances, publièrent des traités de philosophie et de politique empreints du plus pur
libéralisme. Le seul défaut de ces ouvrages
était de n'être pas écrits de façon à obtenir un
grand nombre de lecteurs.

Charles Albert occupait le trône de ses ancêtres, et déjà depuis plusieurs années il s'était
déclaré Italien de cœur, et libéral. Léopold gou-
vernait la Toscane à l'exception toutefois de la
principauté de Lucques, où le fils de l'infant
Charles de Bourbon, attendait la mort de l'ar-

chiduchesse Marie-Louise à laquelle il devait succéder, tandis que Lucques rentrerait sous la domination de l'archiduc Léopold. A Naples, Ferdinand de Bourbon, absorbé par son amour pour sa femme, par les plaisirs de la table et par ses scrupules religieux, semblait incapable de prendre une part active à aucune entreprise, soit pour l'aider soit pour la combattre; et l'on pouvait supposer que son indolence naturelle à laquelle se joignait le poids des années, eussent éteint en lui cette cruauté innée et cette scélératesse qui n'avaient jamais fait défaut à sa race.

Les ilibéraux taliens se partagèrent les esprits et les cœurs des princes, qu'ils voulaient tourner vers la noble passion du patriotisme. Le peuple italien ne pouvait guère prendre part à de pareilles tentatives, opérées dans l'intérieur des cours; et il y serait demeuré complétement indifférent s'il eût été encore tel qu'il avait été au commencement du dix-neuvième siècle. Mais Mazzini l'avait reveillé, et les libéraux des classes élevées savaient qu'il ne dormait plus; personne par conséquent ne doutait qu'au premier cri de : *Fuori lo straniero!* (chassons l'étranger) tous les Italiens ne courussent aux armes. C'est ainsi qu'on attendait une occasion favorable pour agir.

Pour engager Charles Albert à se consacrer au salut et à la délivrance de l'Italie, les instances et les efforts des libéraux étaient superflus. Le

10.

roi de Piémont n'avait eu dans sa vie que ce seul désir; ce seul but avait occupé toute son ambition. A peine fut-il informé de l'accord formé entre les divers États italiens, qu'il embrassa avec transport les vues et les espérances des libéraux et devoua sa personne, sa famille, sa maison et sa couronne, au service de l'indépendance italienne.

Un nouvel horizon s'ouvrait devant lui, et cet horizon était celui-là même qui avait doré les rêve de sa jeunesse. Il s'y précipite donc plein d'espoir et de courage, sans même jeter un dernier regard au passé.

Les Autrichiens, toujours prêts à appeler sur eux les revers, n'avaient rien compris à ce qui paraissait avec tant d'évidence autour d'eux. Depuis plus de trente ans les Italiens fléchissaient sous la main de fer de la maison de Habsbourg; et ils s'y soumettaient parce qu'ils ne pouvaient faire autrement. Les Autrichiens tiraient de ce fait cette conclusion : qu'aussi longtemps que le joug de la maison de Habsbourg, ne diminuerait ni de poids ni de rigueur, la soumission des Italiens demeurerait toujours la même. Et pour s'assurer que le joug de la maison de Habsbourg ne perdait rien de sa puissance, l'empereur et ses ministres y ajoutèrent de nouvelles chaînes. Les pleins pouvoirs conférés à la police et à ses agents, les tribunaux militaires, devant lesquels les femmes mêmes étaient traînées, les impôts exorbitants, les taxes, les amendes, les emprunts forcés ou volontaires qui ne différaient aucunement les uns des autres, les séquestres, les arrestations, les obstacles de plus en plus insurmontables opposés au commerce et à l'industrie; l'acharnement à traiter l'Italie comme un pays conquis, c'est à dire comme on traitait les pays conquis lorsque la maison de Habsbourg était montée sur le trône impérial, sans reconnaître, ni respecter les droits que Dieu a accordés à toute créature humaine civilisée; tout cela composait ce qu'on appelait le système du gouvernement impérial; et tous les Italiens comprenaient désormais tout ce que ce système avait d'odieux, d'inique et d'inhumain. Mais les Autrichiens se moquaient des connaissances récemment acquises par les Italiens. « Nos arguments, ce sont les boulets de nos canons » répondaient-ils à ceux qui voulaient leur faire comprendre que les Italiens de 1840 n'étaient plus les mêmes que ceux de 1830 et de 1820; « et avec de pareils arguments nous bouleverserons aisément toute la science de ces nouveaux doctrinaires, révolutionnaires, etc., etc. » Et ils marchaient en avant suivant toujours la voie qui conduit les oppresseurs dans l'abîme. En 1847, l'iniquité du despotisme autrichien avait atteint les limites extrêmes du mal et de

l'iniquité. Les libéraux répartis dans les différentes provinces italiennes, assurés du concours
populaire, pleins de confiance dans la sympathie
et dans l'appui du pontife, satisfaits des dispositions dans lesquelles ils croyaient que l'exemple
de Pie IX avait placé le grand duc de Toscane et
le roi de Naples, instruis de l'ardeur et du zèle
que Charles Albert mettrait à répondre au premier appel des Italiens, nos libéraux, dis-je,
décidèrent de tenter la fortune des armes sans
attendre de nouvelles insultes et de nouveaux
malheurs.

Les cinq journées de Milan du mois de mars
1848 furent le premier coup porté à la grandeur de la maison de Habsbourg, et l'Italie tout
entière y répondit par ses applaudissements enthousiastes, par ses offres de concours et par des
déclarations énergiques en faveur de l'indépendance italienne. Léopold de Toscane et Ferdinand de Naples s'empressèrent de proclamer
une constitution qu'ils jurèrent de conserver et
de respecter en tous cas. Charles Albert, qui les
avait précédés sur cette voie, entreprit d'achever
l'œuvre glorieuse commencée par les Milanais
en chassant avec ses troupes, et comme on l'es-
pérait alors avec celles de toute l'Italie, l'Autrichien de la péninsule. Charles Albert disait
alors : L'Italie se suffira à elle-même (*l'Italia farà
da se*), et nous répétions tous ces nobles paroles

sans nous demander si elles étaient l'expression d'un patriotique désir ou d'une conviction bien fondée.

. Chacun connaît la triste histoire des années 1848 et 1849 ; mais peu de personnes la jugent froidement, et indépendamment des préjugés et de l'esprit de parti. Quelques-uns imputent nos revers à la perfidie et à la trahison des princes ; d'autres, plus modérés, les accusent seulement de maladresse et de stupidité. Les Milanais, désarmés et sans chefs, avaient vaincu, disait-on, l'armée autrichienne ; comment concevoir que l'Autriche eût vaincu quelques mois plus tard l'Italie tout entière? Par cette question, on se figura avoir démontré l'existence d'au moins une trahison ; et plusieurs répétèrent cette question même pour prouver cette existence.

Mais les catastrophes, telles que celles de 1848 et 1849, n'arrivent jamais que par le concours d'un grand nombre de circonstances tendant toutes au même résultat.

Dans ce cas particulier, les circonstances qui amenèrent notre ruine sont évidentes ; mais leur recherche fatigue les multitudes à cause de la tension d'esprit qui est nécessaire pour les découvrir, les apprécier et les ordonner. C'est pourquoi la majorité des citoyens préfèrent attribuer nos malheurs à la trahison de nos chefs, comme nous voyons que les choses se passent sur la scène de nos théâtres.

Les Italiens n'avaient en commun que deux seules passions ; la haine de la domination étrangère, et l'amour ou du moins le désir de la liberté. Mais ils n'étaient pas fixés sur la conduite à tenir pour conserver ce grand bien, lorsqu'ils l'auraient obtenu. Ils croyaient, en effet, l'avoir saisi ; et avec cette facilité à se laisser entraîner par l'illusion qui forme l'un des traits les plus saillants du caractère italien, nous crûmes tous avoir conquis l'indépendance et la liberté, lorsque nous vîmes les soldats autrichiens sortir humiliés et effrayés du Milan, et les princes satellites de l'Autriche nous prodiguer les constitutions et les parlements, tandis qu'ils se tenaient prêts à fuir dans le cas que leurs sujets ne se montrassent pas satisfaits des institutions promulguées. Les Italiens se croyaient donc en pleine possession de leur liberté ; mais ils se sentaient désorganisés, et ils désiraient se constituer de la meilleure manière possible. On ne pensait pas alors qu'il fallût se contenter de ce qu'on pouvait obtenir, réaliser, mettre en pratique ; on prétendait arriver du premier bond à la constitution la plus parfaite, à celle qui présentait les meilleures garanties de liberté et d'égalité civile et sociale, de prospérité, de gloire, et d'une existence aisée et agréable. On voulait une constitution qui fît un paradis de notre péninsule, sans réfléchir que le paradis est la patrie des anges, et que les anges ne sont pas nombreux sur notre planète. Les uns voulaient une fédération, et parmi ces fédéralistes, il en était qui voulaient une fédération semblable à la germanique, et d'autres qui la voulaient à l'imitation de la confédération helvétique.

Dans le nord de l'Italie, une imposante majorité voulait conserver la maison de Savoie et Charles Albert sur un trône qu'on aspirait seulement à rendre plus étendu et plus puissant. Quelques-uns pourtant se souvenaient de 1821 ou de ce qu'ils en avaient entendu dire, et prenant leurs propres interprétations de ces événements mystérieux, pour des vérités historiques avérées, démontrées et acceptées par le monde entier, ils rêvaient les trahisons, et ils nous criaient : Défiez-vous des traîtres. Quelques-uns répétaient les paradoxes surannés de Mazzini, et prétendaient dompter le monde, moyennant quelques mots résonnants et vides de sens; quelques-uns rêvaient une Italie du moyen âge, les républiques de Gênes et de Venise, le costume du onzième siècle et les tirades des personnages d'Alfieri. D'autres voulaient une république à l'instar de la république française de 1793, et protestaient que rien de grand

ne serait fondé en Italie, aussi longtemps qu'on
hésiterait à ouvrir certaines artères, dont il fallait tirer une grande quantité de sang corrompu.
Le primat de Gioberti, et une papauté universelle et politique sous le patronage de Pie IX
avaient leurs partisans. En un mot, les idées et
les tendances des Italiens étaient innombrables
en ce temps, et parmi tant de projets et de systèmes divers, il n'y avait rien qui pût être mis à
exécution, et l'on eût dit que les Italiens avaient
entièrement perdu le sens pratique.

Si on leur montrait les obstacles qui devaient
nécessairement s'opposer à la réalisation de leurs
utopies, ils vous répondaient que le mot obstacle
était pour eux vide de sens; qu'il n'y avait rien
d'impossible pour qui voulait fortement, etc., etc.
Si on leur demandait ce qu'ils feraient, lorsque
l'Europe tout entière se serait déclarée contre
nous, résolue à en finir avec une nation toujours prête à introduire et à soutenir des idées
nouvelles, dangereuses pour la société civilisée
et pour la tranquillité des peuples et des États;
ils vous répondaient en haussant les épaules, et
avec un certain air de compassion, que les Italiens étaient au nombre de 26 millions, qui se
leveraient tous comme un seul homme, quand
le moment serait venu de donner à l'Europe une
salutaire leçon; et que devant un peuple aussi
unanime, aussi énergique, aussi brave et aussi

dévoué à une idée, il n'y avait ni armée, ni coalition d'armées qui pût tenir. On prononçait des sentences plus ou moins surannées d'un ton emphatique ou pédant et l'on croyait avoir proféré des vérités saintes, et des arguments incontestables. Personne ne songeait aux périls qui nous entouraient, à la ruine qui allait nous accabler. Les Autrichiens avaient évacué presque toutes les villes de l'Italie du nord, et parmi les princes du reste de l'Italie, ceux qui n'avaient pas suivi les Autrichiens dans leur retraite, semblaient transformés en autant de libéraux aspirant à se sacrifier et à sacrifier leurs dynasties pour contribuer à la régénération de l'Italie. Tout cela avait été opéré par les Italiens, moyennant leur résolution et leur courage. Qu'y avait-il désormais à craindre? Chaque fois que l'importance et la nécessité de la victoire se ferait sentir aux Italiens, ils seraient vainqueurs, comme ils l'avaient été jusque-là.

Les Autrichiens, cependant, se concertaient avec les princes leurs satellites; ils se rapprochaient du pontife, dont ils gagnaient le cœur hésitant et irrésolu; et l'Europe assistait indifférente à notre drame, sans même feindre de nous porter le moindre intérêt; affectant par l'organe de ses journaux de nous considérer comme des gens que l'apparence d'un succès imprévu aurait privé de la raison; déclarant en

même temps qu'elle n'aurait jamais permis ce
succès, si elle l'eût supposé réel. On verrait
bientôt les résultats qu'aurait pour nous notre
prétendu triomphe; mais, si, contrairement à
toute prévision raisonnable, les Italiens finis-
saient réellement par se trouver en possession
de leur indépendance et de la liberté, ce serait
alors le tour des nations sages et bien gouvernées de l'Europe, d'intervenir pour les mettre en
tutelle, et pour empêcher qu'ils ne bouleversas-
sent par leurs folles théories et par leur insupportable jactance, la civilisation et la tranquillité de cette partie du monde.

Personne ne songeait à nous tendre une main
secourable; personne ne desirait nous voir
libres et heureux, mais peut-être méritions-
nous cette malveillance universelle, puisque
nous en étions fiers et satisfaits. Nous n'avons
besoin ni d'amis, ni d'alliés; nous nous suffirons
à nous-mêmes et nous montrerons à l'Europe
ce que nous sommes et de quoi nous sommes
capables. C'est ainsi que nous parlions, et je me
souviens d'une époque pendant laquelle notre
plus grande crainte était d'être secourus malgré nous par quelque nation élevée à l'école de
Don Quichotte.

L'heure des revers était venue. La petite
armée piémontaise, accrue par quelques légions
de volontaires et par les corps universitaires,

attaquait, avec un admirable courage et une déplorable étourderie, toutes les forces de l'empire autrichien auxquelles s'étaient joints un
nombre assez considérable de militaires russes
qui revêtaient pour obéir à leur empereur l'uniforme blanc. Déjà le Bourbon de Naples avait
posé le masque et rappelait ses troupes que la
peur d'une révolution l'avait contraint à envoyer dans le nord de l'Italie. Déjà le pontife
avait réfléchi que les Autrichiens étant catholiques, étaient ses enfants aussi bien que les
Italiens, que notre guerre étant par conséquent
une guerre fratricide, il ne pouvait y partici-
per; et lui aussi rappelait ses troupes. Le grand
duc de Toscane remettait de jour en jour l'en-
voi des siennes, ou bien il les envoyait en si
petit nombre qu'elles ne pouvaient guère augmenter nos chances de succès. Étonnés et dé-
couragés par ce volte-face effronté, les défenseurs qui nous restaient combattaient en héros,
mais en héros qui se sentaient vaincus. En peu
de jours les Autrichiens avaient atteint les
portes de Milan, et nos soldats humiliés et impuissants se retiraient devant eux.

Les Lombards frémissaient indignés, et ils
eussent préféré s'ensevelir sous les murs de leur
ville plutôt que de la voir nouvellement occupée
par l'oppresseur détesté. L'Italie tout entière
frémissait; mais ses frémissements étaient im-

puissants. Les Italiens n'avaient rien arrêté si ce n'est de vaincre, et de songer ensuite à tirer parti de la victoire. La fortune des armes nous avait été contraire, et nous ne savions que rêver des trahisons et maudire les traîtres. Les uns voulaient chasser les Bourbons, le pontife, le grand-duc, et Charles Albert lui-même pour constituer une république. D'autres voulaient reconduire les princes sur la voie du devoir et par n'importe quels moyens, et reculaient devant la pensée d'une république. Mazzini imputait nos revers à la confiance que nous avions placée dans quelques-uns de nos princes, qui ne pouvaient être selon lui que des traîtres condamnés à d'éternels désastres en expiation de leurs crimes et de ceux de leurs pères.

L'indignation contre les puissances européennes qui nous voyaient tomber sous la sanglante épée de l'Autriche, sans nous tendre la main ; et l'indignation contre Charles Albert qu'on accusait d'avoir prononcé le premier ces paroles fatales : L'Italie se suffira à elle-même, étaient générales en ce moment. On eût pu croire que le pays n'avait jamais partagé l'illusion du roi sur l'étendue de ses propres forces.

Abrégeons ce pénible récit. L'Italie retomba sans exciter la pitié, sous le joug de ses maîtres abhorrés, qui résolurent de l'accabler de telle sorte qu'il lui fût désormais impossible de rêver même, de nouvelles révolutions. L'Italie ne tombait pourtant pas tout entière en un seul jour. Deux villes résistèrent plus longtemps que les autres et dans ces deux villes qui obéissaient soit à Mazzini soit à ses disciples, la diplomatie exerçait peu d'influence, et peut-être qu'elle ne souhaitait pas en exercer une plus grande. Rome et Venise ne tombèrent qu'en l'année 49, et l'Italie rendit en elles, pour cette fois du moins les derniers soupirs de sa liberté.

Brescia aussi, demeurée au pouvoir de son municipe, c'est à dire d'elle-même, ferma ses portes, arma tous ses citoyens sans distinction d'âge ni de sexe, et se prépara à une résistance héroïque mais désespérée. Pendant trois longues journées les Autrichiens se précipitèrent dans les rues de la ville, mais à peine étaient-ils engagés dans leurs détours qu'ils les remplissaient de leurs cadavres. Toutes les maisons, les fenêtres, les toits versaient sur eux des projectiles mortels. Mais Brescia dut renoncer au combat lorsqu'elle eut épuisé ses munitions, et lorsqu'elle ne compta plus un seul défenseur qui ne répandît des flots de son propre sang.

Les Italiens se montrèrent à cette époque braves et dévoués, mais cela ne suffit pas à constituer et à fonder une nation. Les Polonais aussi ont toujours donné des preuves d'un courage singulier; mais le courage ne suffit pas pour prendre place parmi les nations civilisées, libres et indépendantes, et l'histoire de Pologne nous l'enseignerait si nous n'en étions convaincus d'avance.

Pendant onze nouvelles années, les Italiens furent traités comme les ilotes de l'antiquité. Tournée en ridicule par l'insouciante Europe, martyrisée, opprimée, déchirée, dépouillée par ses maîtres, l'Italie semblait condamnée à un éternel et ignominieux servage, et les étrangers étaient de cet avis. Il doit y avoir, disaient-ils, un défaut caché, un péché originel dans le caractère italien, car tous leurs efforts pour devenir indépendants et pour se constituer en nation, n'ont jamais abouti qu'à des revers, et chacun sait aujourd'hui qu'on ne tombe que faute de savoir se tenir debout. Vous tenteriez inutilement de nouveaux efforts, nous disaient-ils encore, et vous devez vous résigner à une condition qui est évidemment la seule à laquelle vous soyez propres.

L'Italie seule n'avait pas accepté ce cruel arrêt, et protestait par ses paroles et par ses actes chaque fois qu'elle en trouvait l'occasion. Pendant ces onze années, la haine des opprimés pour les oppresseurs, et celle des oppresseurs pour les opprimés, parvint à l'apogée de la violence. Mais si nos progrès eussent été enfermés dans cette haine, nous serions encore

esclaves. Un génie bienfaisant s'était placé auprès d'un prince véritablement libéral et patriote, en même temps qu'un ami de l'Italie
s'emparait du pouvoir, et prenait les rênes du
gouvernement de la plus puissante, de la plus
énergique des nations européennes. Une secrète
alliance fut jurée entre l'empereur des Français
et le roi Victor Emmanuel sous l'inspiration du
comte Camille de Cavour. Mais cela n'aurait
pas suffi encore si une alliance radicale n'avait
rassemblé et fondu dans un même corps et
une seule volonté tous les Italiens. Cavour
devint le chef d'une nouvelle école politique en
Italie. Il enseigna aux Italiens ces deux vérités
si simples et si incontestables : que pour conquérir la liberté et l'indépendance, il faut être
fort, et que l'union seule engendre la force.

Ces vérités si évidentes furent saisies par les
Italiens, qui les acceptèrent et les confessèrent
depuis lors comme un dogme, c'est à dire avec
une foi religieuse. Tout notre passé parut alors
à nos yeux sous un aspect entièrement nouveau. Nous cessâmes d'attribuer nos malheurs
aux caprices d'une fortune ennemie, ou à la trahison de ceux que nous avions choisis pour
guides. La cause incontestable de nos désastres
constants était précisément le défaut d'union,
et d'unité de vues, de but et d'action. On eût dit
que la cause de nos revers venait de nous être

subitement révélée, et à partir de ce jour, toute
différence d'opinion et de tendance, toute rivalité
fut condamnée comme un crime envers la patrie.
Personne n'essaya plus de tourner en sa faveur
les événements qui se succédaient, et l'on ne re-
chercha plus qu'une chose : quelle était la volonté
de la majorité des Italiens. Cette volonté ne ren-
contra plus de résistance. Les partisans de l'ab-
solutisme républicain de Mazzini eux-mêmes in-
terrompirent la croisade prêchée par leur
maître, contre toute forme de gouvernement,
excepté la républicaine. La forme du gouvernement qui obtiendrait les suffrages du plus grand
nombre d'Italiens, celle qui semblerait mieux
faite pour les réunir et leur créer des intérêts
communs; celle qui susciterait à l'Italie le plus
petit nombre d'ennemis extérieurs possible, serait acceptée par tous, et personne n'oserait
se déclarer contre elle. Et lorsqu'on tenait ce
langage, on savait déjà que la monarchie était
la forme du gouvernement qui remplissait les
conditions exigées. Quelques villes du centre et
et du nord de l'Italie eussent accepté de son
gré. la république, si le reste de l'Italie l'eût
proclamée, mais les deux principaux États italiens, ceux qui possédaient une armée, et sans
le concours desquels il eût été absurde de rien
tenter contre la domination étrangère, Naples
et le Piémont, étaient fortement attachés à la

monarchie, et ne l'eussent échangée pour la
république que s'ils y avaient été contraints.
L'Europe d'ailleurs s'y serait opposée, et les
Italiens commençaient à entrevoir que les déclarations et les protestations républicaines de
nos refugiés politiques, étaient la cause principale de la défiance que l'Europe nous témoignait
et du peu d'estime qu'elle nous accordait. Le
but unique vers lequel tendaient les Italiens, était
désormais de se constituer en nation indépendante, et tout ce qui rendrait plus facile l'accomplissement de leurs vœux, serait accepté par
eux avec enthousiasme et sans débats. Un heureux concours de circonstances, contribua à
notre salut. Nous avions sur le trône de France
un ami fidèle qui connaissait l'Italie, et savait
ce qu'on pouvait attendre d'elle, pourvu seulement qu'elle parvînt à briser ses chaînes, et à
se constituer en nation. Mais il savait aussi que
dans le misérable état où l'avaient réduite ses
maîtres, l'Italie ne pouvait faire le premier pas
vers son affranchissement, sans l'appui d'une
nation déjà constituée et développée dans sa
force. Ce secours initiateur lui-même était en
position de nous l'offrir, et il avait décidé que
nous ne péririons pas, faute de l'obtenir. Nous
avions pour chef d'une grande partie de l'Italie
du nord, un roi sincérement libéral, esclave de
sa parole, courageux, énergique et loyal. Ce

roi avait choisi pour son premier ministre le comte de Cavour qui savait convaincre et guider les Italiens de toutes les provinces italiennes, et de tous les partis. Cavour était comme enveloppé d'une atmosphère de confiance qui opérait d'une façon toute nouvelle sur les Italiens accoutumés depuis tant de siècles à soupçonner tout le monde. Cavour fut le lien qui réunit d'abord Napoléon et Victor Emmanuel, puis Victor Emmanuel et l'Italie. Cavour fut le promoteur de l'expédition sarde en Crimée, l'inspirateur du congrès de Paris, où les droits des Italiens furent pour la première fois discutés et reconnus. Cavour avait fondu les Italiens dans une seule pensée : l'expulsion de l'étranger et la constitution de l'Italie en nation indépendante; et lorsque l'Autriche, soupçonnant ce qui se tramait contre elle à Paris et à Turin, résolut de détruire, c'est à dire de conquérir ce petit Piémont qui avait l'audace de se déclarer le protecteur de l'Italie, et son ennemi à elle, Cavour qui n'attendait qu'une occasion favorable, se tourna tout à coup vers Napoléon et vers l'Italie en réclamant l'exécution de leur engagement. Tous répondirent à son appel. Napoléon prit aussitôt le commandement de ses troupes, et les conduisit en Italie, et tous les Italiens se révoltèrent contre leurs maîtres, et déclarèrent qu'ils voulaient être libres et indépendants sous le

gouvernement de la maison de Savoie. Tandis
qu'on combattait encore contre l'Autriche, les
principales villes de l'Italie envoyaient des députés au roi Victor Emmanuel pour lui demander d'être reçues et annexées au royaume
d'Italie.

La paix de Villafranca sembla d'abord se
placer comme un obstacle insurmontable devant
l'accomplissement des vœux des Italiens; mais
cette décourageante illusion ne tarda pas à se
dissiper. Tandis que la diplomatie décrétait à
Villafranca et à Zurich, que l'Italie demeurerait à peu près, telle qu'elle était avant 1859;
que la Lombardie seule serait annexée au Piémont, que la Vénétie serait laissée à l'Autriche,
que les ducs et les princes dépossédés repren-
draient le gouvernement de leurs États, et que
tous les souverains de l'Italie, y compris l'empereur d'Autriche pour la Vénétie, formeraient
une confédération dont le pontife romain serait
le chef; tandis que Napoléon nous dictait ces
conditions, et que le nouveau cabinet du roi
Victor-Emmanuel les acceptait, les annexions
des duchés, de la Toscane, et des Légations s'ac-
complissaient, et rendaient impossible le retour
des princes. On craignait, à vrai dire, que l'empereur des Français ne voulût pas souffrir une
résistance aussi complète à sa volonté; mais
cette résistance, sanctionnée qu'elle était par

les plébiscites des provinces qui voulaient l'annexion, fut, au contraire, jugée juste et légitime.

Plus tard, l'Ombrie, la Sicile et Naples invo-
quèrent, à leur tour, l'annexion, et Garibaldi
avec ses mille soldats, alla prendre possession
de ces États, et mettre en fuite les soldats bourbonniens, qui empêchaient la franche manifes-
tation de la volonté nationale.

L'empereur Napoléon avait proclamé deux
principes qu'il imposait à l'Europe de respecter.
Ces deux principes étaient l'omnipotence du
suffrage universel et la non-intervention. Tout
ce qui avait été fait en Italie avait reçu la sanc-
tion des plébiscites, c'est à dire du suffrage universel, et le principe de la non-intervention ne
permettait pas à l'Europe de s'y opposer. Napoléon proclama ces deux principes dans notre
intérêt et en notre faveur, et cela suffirait pour
lui assurer notre reconnaissance éternelle.

La cession à la France de la Savoie et du
Comté de Nice fut pour les Italiens une source
de discorde et de mécontentements. Ils appren-
dront avec le temps à regarder ce sacrifice
comme la véritable base de notre indépendance.

Les Italiens veulent avant tout, et rien n'est
plus naturel, parvenir au but qu'ils se sont proposé, et lorsque leurs forces sont inférieures à
la grandeur de leurs désirs, ils invoquent ou ils

acceptent le secours de ceux qui se disent leurs
amis ; mais les Italiens se figurent toujours que
ce secours doit leur être accordé gratuitement. Si
on leur demande en échange une compensation,
ils se courroucent, et se croient aussitôt dé-
chargés de leur dette de reconnaissance. Ils ne
comprennent pas que le paiement exact de la
compensation demandée, est le seul moyen d'acquérir et de conserver leur indépendance. Dieu
nous préserve du poids d'une dette mal définie
et non payée! Ce poids est comme un fantôme
menaçant qui se dresse constamment devant le
débiteur chaque fois que celui-ci veut faire
usage de son indépendance. Le véritable bienfaiteur, le bienfaiteur véritablement juste et secourable est celui qui fixe d'avance le prix de
son bienfait, et qui, après l'avoir reçu, se déclare satisfait, et décharge le débiteur du poids
de ses obligations. Ce fut ainsi que l'empereur
Napoléon et le comte de Cavour conclurent leur
traité. L'empereur, parce qu'il devait à la
France de ne pas lui imposer des sacrifices gratuits ; et le comte de Cavour, parce qu'il voulait
assurer à l'Italie une indépendance réelle et durable, et non plus, comme cela était arrivé si
souvent une indépendance factice et illusoire qui
aboutissait en dernier résultat au passage d'une
domination à une autre. Nous nous sommes ac-
quittés de notre dette envers la France ; et

12

quoique nous lui devions les sentiments de la
plus vive reconnaissance, nous ne devons ni à
la France, ni à n'importe quelle puissance étrangère, le sacrifice de la moindre fraction de notre
indépendance.

Notre nationalité compte aujourd'hui sept années d'existence et ces sept années de liberté
presque absolue, de tranquillité publique et de
modération, nous ont valu la reconnaissance de
toutes les puissances européennes. Elles nous
ont valu une belle et bonne armée, une marine
considérable, un système de chemin de fer qui
relie entre elles toutes les parties de l'Italie et
favorise la fusion des populations diverses, et
de leurs intérêts ; l'agrandissement et l'embellissement de nos villes principales, et les sympathies de toute l'Europe. Ces sympathies nous
ont été accordées à tel point que lorsqu'au commencement de l'avant-dernier été (1), nous ré-
clamâmes de l'Autriche la cession de cette partie
de notre territoire qu'elle occupait encore, l'Europe entière déclara notre demande juste et légitime, et reconnut que la Vénétie devait être
laissée à l'Italie.

Qui nous eût dit, il y a dix ans, que nos droits
seraient aujourd'hui reconnus et soutenus par
ces puissances mêmes qui tournaient jadis en

_____

(1) J'écrivais ces pages en 1866.

dérision nos espérances et la constante vanité de nos efforts !

La fortune des armes ne nous fut pas aussi favorable en 1866 que nous l'avions espéré, et le défaut d'expérience et d'habileté des chefs de nos armées de terre et de mer, nous a coûté de grandes pertes, et nous a procuré peu de gloire. Mais personne ne s'est mépris sur les causes de nos succès douteux; et le courage de nos soldats, l'héroïsme de nos marins ont paru avec tant d'éclat pendant la guerre, que l'étranger nous a respecté depuis, plus que par le passé, et qu'il nous a prodigué des louanges que nous méritions peut-être, mais auxquelles nous étions loin de prétendre. La Vénétie nous appartient désormais, du consentement de l'Autriche elle-même, et ce formidable quadrilatère, qui était comme une menace permanente contre notre liberté et notre indépendance, est devenu pour nous un boulevard inexpugnable contre toute nouvelle tentative d'invasion.

Tel est donc le passé qui nous a conduits, à travers tant d'accidents et de catastrophes à un présent aussi glorieux. Mais le caractère des peuples se compose des passions et des habitudes acquises sous l'influence de leur passé. Ce passé peut être complétement détruit et transformé dans un présent entièrement opposé à celui-là; mais les traces du passé existent dans le caractère et dans les habitudes populaires formées pendant qu'il durait. Lorsque le passé a disparu, pour faire place à un présent qui ne lui ressemble aucunement, les tendances morales et intellectuelles que le premier avait créées, ne conviennent plus au second. Dans notre cas d'ailleurs, la nécessité de nous dépouiller des restes de notre passé, est singulièrement évidente, car nous avons été élevés pour nous plaire dans l'inertie de l'esclavage, et pour demeurer indignes de la liberté. Nous avons été élevés à soupçonner tout le monde et chaque chose ; à nous fatiguer de tout ce qui dure depuis quelque temps ; à tout blamer et à tout critiquer ; à apprécier les hommes et les choses avec notre imagination plutôt qu'avec notre jugement ; à nous enthousiasmer au delà de toute mesure pour tout ce qui a un certain air dramatique de grandeur et d'héroïsme, sans examiner le fond des choses et sans nous assurer qu'il répond à l'apparence, nous avons été élevés à employer un langage boursouflé et emphatique, que nous prenons pour l'expression de pensées élevées et grandes ; à confondre l'enflure de la vanité avec le sentiment intime de nos propres forces, et à ne jamais douter de notre supériorité, ni des succès qu'elle nous prépare ; et lorsqu'au lieu de ces succès, nous récoltons des revers, nous les exagérons, nous perdons courage, nous nous livrons au désespoir, et nous imputons à autrui les malheurs que notre défaut d'expérience et d'habileté nous ont seuls procurés.

Nous avons été élevés à mépriser la science et l'étude indispensable pour l'acquérir, et à mettre notre confiance dans la souplesse et la promptitude de notre intelligence, qui résout les plus difficiles problèmes par intuition, sans que nous subissions l'ennui du travail. Nous avons été élevés par des maîtres qui voulaient perpétuer notre esclavage, en nous rendant incapables de former une nation libre et indépendante; incapables de remplir les devoirs du citoyen, de sacrifier notre ambition personnelle et nos intérêts privés, au salut et à la prospérité de la grande patrie.

Notre premier objet dorénavant doit être de nous dépouiller de toutes les traces de notre passé.

Souvenons-nous que notre passé a été une époque d'esclavage, et que le peuple élevé pour la servitude doit se transformer complétement s'il veut devenir propre à goûter les bienfaits de la liberté et l'indépendance.

CHAPITRE III

CARACTÈRES DE L'ITALIEN, SES VARIÉTÉS ET SES CONSÉQUENCES

L'italie peut être considérée aujourd'hui comme formée et achevée. Le but de tant d'efforts et de tant de sacrifices, l'objet de tant d'aspirations et de tant d'espérances vient d'être atteint. L'italie a vu le dernier de ces soldats étrangers, qui la tinrent si longtemps asservie, repasser les Alpes, en lui laissant pour héritage le formidable quadrilatère; et l'Europe tout entière a reconnu et proclamé la validité de ses droits, en même temps qu'elle se déclarait fatiguée de les voir contestés et foulés aux pieds.

On peut excuser en nous un certain sentiment d'orgueil, lorsque nous songeons au changement survenu dans notre position, aux sympathies que notre persévérance dans la lutte nous a acquises, à notre rapide élévation au rang de puissance de premier ordre; à notre résurrection; lorsque nous rappelons que nous étions considérés par l'Europe, il y a huit ans encore, comme un troupeau de serfs autrichiens. Mais l'ivresse de l'ambition satisfaite peut devenir dangereuse pour celui qui s'y abandonne trop longtemps. Nous avons autre chose à faire que de nous féliciter réciproquement au sujet de nos conquêtes. Nous avons à nous constituer fortement, à vaincre les habitudes et les tendances naturelles de notre caractère qui s'opposeraient à notre développement moral, intellectuel et national.

L'Italie a toujours été considérée comme un pays fort riche, et cette opinion repose sur un malentendu. Le sol italien est à coup sûr le plus fertile de l'Europe entière, et l'agriculture y est parvenue, dans quelques-unes de ses provinces du moins, à un degré de perfection qui ne s'accorde guère avec notre développement, trop borné, dans les sciences et dans l'industrie. La cause de ce défaut d'harmonie est évidente. L'Italie n'a jamais vécu jusqu'ici d'une vie qui lui fût propre, et qui fût conforme à ses propres besoins, à ses propres intérêts; mais elle a suivi la route que lui ont imposée ses maîtres, celle qui convenait à ces derniers, et qui semblait

promettre des résultats favorables à ce corps
monstrueux et difforme qu'on appelle l'empire,
et dont les provinces italiennes faisaient partie.
La fraction de l'Italie qui dépendait directement de l'Autriche, car l'Italie presque entière en dépendait indirectement, fut considérée comme un pays agricole, et telle elle est
en effet; mais l'époque pendant laquelle la
richesse d'un pays était évaluée d'après la
fertilité de son sol et la salubrité de son climat, est loin derrière nous. La richesse des
États est aujourd'hui le résultat du développement de l'activité des peuples dans l'industrie
et dans le commerce, aussi bien que dans le développement de l'agriculture.

L'empire autrichien, composé de tant de provinces et de populations hétérogènes et hostiles
les unes aux autres, considérait ses provinces
italiennes comme son jardin et son grenier. En
effet, ni la Bohême, ni la Hongrie, ni la Gallicie,
ni la Stirie, ni aucune de ces contrées septentrionales ne peuvent rivaliser avec l'Italie pour la
fertilité du sol, ni pour la douceur du climat.
L'Italie fut donc destinée par l'Autriche à con-
sommer les produits de l'industrie de ses autres
provinces. L'industrie fut interdite à Italie parce
qu'il convenait à l'empire d'Autriche que l'Italie
demeurât inactive et incapable de fournir à ses
propres besoins. Pendant la longue durée

de la domination autrichienne en Italie, plus d'une épreuve fut tentée par des capitalistes italiens pour établir parmi nous quelque industrie qui arrêtât notre marche rapide vers la pauvreté. Le gouvernement autrichien ne se faisait aucune illusion sur l'iniquité de ces procédés, et il sentait la nécessité de les dissimuler. Aussi ne s'opposait-il pas ouvertement à de pareilles tentatives ; mais il savait comment les faire avorter, et comment en obtenir l'abandon. Les capitalistes auteurs de ces essais industriels se voyaient tout à coup déchus de la faveur du gouvernement ; ils se heurtaient à un nombre infini d'obstacles imprévus, le prix des objets nécessaires au progrès de leur industrie naissante augmentait outre mesure ; s'ils avaient besoin de machines qu'ils ne pouvaient se procurer qu'en les faisant venir de la France ou de l'Angleterre, l'importation de ces machines n'était accordée qu'au prix de taxes exorbitantes et à des difficultés presque insurmontables, de telle sorte que la naissante industrie ne pouvait y suffire et leur résister. Nul doute qu'un semblable système n'obtînt en Angleterre un effet tout opposé à celui qu'il produisait en Italie ; mais les Italiens sont peu portés naturellement au travail, et la résistance ferme et patiente à une persécution cachée, les fatigue bientôt. Ils résistent à tout prix lorsqu'ils sont soutenus par l'indignation ou la colère; ils dédaignent alors les conseils de la prudence, et ils se précipitent aveuglément contre l'astucieux ennemi qui s'était préparé d'avance à la lutte, et qui en sort victorieux; mais une résistance ferme et mesurée à une secrète persécution, une lutte souterraine et muette, sans spectateurs qui les encourage, refroidissent l'Italien, et lui enlèvent, avec l'ardeur du combat en plein soleil, la force matérielle et l'énergie morale. Les italiens finirent donc par accepter le rôle qui leur était destiné dans la farce de cet empire; et ce rôle était celui d'acheteur d'objets manufacturés dans les provinces allemandes et slaves. Les Italiens reçurent en échange et comme compensation, la permission de se livrer à l'oisiveté, compensation fatale, parce qu'elle est trop conforme à notre instinct comme à celui de tous les peuples du midi; et que se voyant contraints de demeurer oisifs, ils se livrèrent à l'oisiveté sans en rougir, sans se la reprocher et ils en contractèrent rapidement l'habitude.

Personne parmi ceux qui réfléchissaient aux conditions financières de l'Italie, et à celles que les progrès actuels dans les sciences et dans l'industrie ont créées aux nations européennes, ne se méprenait sur le résultat définitif que le rôle imposé à l'Italie dans la constitution économique de l'empire devait avoir pour les Italiens.

Je ne puis supposer non plus 'que les hommes d'État autrichiens ignorassent que la route dans laquelle ils poussaient l'Italie devait la conduire en peu de temps à sa ruine totale. Mais le gouvernement autrichien, non plus que tous les gouvernements despotiques, ne prennent guère soin du bien-être de leurs sujets; et pourvu qu'un système gouvernemental ou administratif leur semble favoriser leurs propres vues, ils l'adoptent sans scrupules, quand même ils le reconnaissent injuste, ruineux et mortel pour n'importe quelle fraction de leurs sujets.

L'Italie possédait des trésors en objets d'art et d'antiquité, c'est à dire en ivoires et en métaux taillés, ciselés, incrustés et moulés, émaux, peintures sur cuivre ou sur pierre, faïence, etc. Ses villes principales comptaient parmi leurs habitants d'illustres familles pourvues de richesses immenses. Les républiques de Gênes et de Venise avaient créé, moyennant le commerce, des fortunes privées, comme on n'en connaissait pas ailleurs à cette époque, c'est à dire au commencement du dix-neuvième siècle. Mais toutes ces richesses avaient été amassées pendant de longues années; elles appartenaient au passé et aucune source nouvelle n'avait été découverte au moyen de laquelle on pût récupérer l'argent que l'on dépensait journellement avec une effrayante et désastreuse prodigalité. Ces trésors

devaient donc s'épuiser dans un temps donné.
Mais plusieurs circonstances concoururent à
hâter cet épuisement inévitable d'ailleurs. Le
revenu laissé aux Italiens était tiré, comme je
l'ai dit, de l'agriculture, dont les principaux
produits consistaient dans la soie et le vin.
Chacun connaît la douloureuse histoire de ces
deux produits agricoles pendant les douze dernières années. Une maladie d'origine mysté-
rieuse frappa les vers à soie et les vignobles, et
aucun des remèdes tentés jusqu'ici contre elles
n'a produit encore le succès désiré. Il est impossible de prévoir maintenant quand et par
quels moyens l'industrie séricole reprendra son
cours et retrouvera son équilibre. Plusieurs
propriétaires fonciers, qui jouissaient d'un revenu annuel de cinquante et même de cent
mille francs, se sont trouvés tout à coup réduits
à une pauvreté presque absolue. Les vers à soie
naissent, croissent, prospèrent et semblent promettre une récolte abondante; puis, au moment
d'aller au bois, c'est à dire de bâtir leur coque,
ils tombent et périssent, comme frappés par la
foudre. Voilà douze ans que ces scènes douloureuses se reproduisent à chaque printemps,
malgré les longs et périlleux voyages que des
jeunes gens hardis et dévoués renouvellent incessamment dans les contrées les plus lointaines et les plus sauvages de l'extrême orient

pour procurer aux éleveurs de vers à soie une graine plus saine et non encore atteinte par l'infection européenne. Ces tentatives généreuses n'ont produit aucun résultat; car, après deux ou trois ans de soins assidus et de médiocre récolte, la graine étrangère subit l'action de la puissance morbide et cachée, et les vers à soie qu'elle a produits meurent, comme les vers à soie indigènes mouraient il y a quelques années. On a beaucoup étudié pour connaître la cause de ce mal et pour lui découvrir un remède; mais, après tant d'années de travaux et de recherches, on n'a pas encore découvert et démontré que l'infection attaque la semence du ver à soie, et non pas celle du mûrier. Les avis sont encore partagés à ce sujet, quoique la majorité des éleveurs soutienne la première de ces hypothèses.

Le cryptogame des vignobles ne présente pas un caractère aussi mystérieux que la maladie des vers à soie; mais il est aussi tenace; et la disparition de ces deux produits de notre industrie agricole semble se faire de jour en jour plus probable. Et ceux-ci étaient sans contredit les deux plus riches branches de notre agriculture, celle qui lui conférait une certaine importance comme source du revenu public, et une certaine supériorité sur l'agriculture des autres contrées de l'Europe. Nous autres Lom-

bards nous possédons encore les terrains marécageux, les prairies dites *à marcite*, les risières, le lin, le chanvre, etc., etc.; mais ces
terrains n'ont pas une grande étendue, et tout
le restant du territoire italien est aujourd'hui
réduit à la culture des céréales, de ces mêmes
céréales que les autres contrées européennes produisent aussi bien que nous, et qui, après tout, en
pouvant suffire à l'alimentation du cultivateur,
n'ont aucune importance comme objet commerçable, et ne sauraient empêcher le trésor public de s'épuiser complétement. D'autres causes
d'appauvrissement se sont ajoutées à celles-là :
le monstrueux accroissement du luxe et la malheureuse habitude contractée par notre jeunesse
de se soustraire à toute occupation qui n'ait pas
exclusivement pour but le plaisir et l'amusement. Mais l'ardeur juvénile ne saurait se contenter d'un éternel repos; et nos jeunes gens
qui ont appris à considérer les occupations de
l'étude ou d'un emploi, qui constituent une profession ou une carrière administrative, militaire, artistique, ou scientifique, comme un
moyen pour gagner de l'argent, quand on n'en
a pas hérité de ses parents, nos jeunes gens,
dis-je, malheureusement imbus de ces misérables préjugés, ne savent comment exercer leur
énergie, si ce n'est en imitant servilement les
mœurs et les coutumes de la jeune aristocratie

de l'Angleterre, de la France et de la Russie, lesquelles, disposant de ressources infiniment supérieures à celles dont nous disposons, nous offrent de ruineux exemples. Les jeunes représentants de nos familles historiques ne sont pas satisfaits de posséder de beaux et de bons chevaux, des équipages élégants et commodes ; mais ils ambitionnent d'être considérés comme des *fac-simile* exacts des jeunes lords ; et les importations, aiusi que les imitations de l'Angleterre, coûtant fort cher en Italie, la satisfaction des vœux innocents et puérils de nos jeunes gens suffit parfois à les ruiner complétement.

Il n'y a peut-être pas un seul des héritiers de nos familles les plus illustres et les plus riches, qui ait conservé intacts les biens hérités de ses pères et la position sociale qu'ils procuraient à ceux-ci. Avec un revenu réduit et fractionné, nos jeunes gens, absorbés par la pensée de copier exactement les mœurs ultramontaines, dépensent beaucoup plus que leurs aïeux n'ont jamais dépensé. Dans le siècle précédent, l'anglomanie commençait à peine à poindre dans notre péninsule, et aucun homme de quelque valeur morale, intellectuelle ou sociale n'eût consenti sans rougir à descendre de la sphère élevée qu'il occupait pour se faire l'imitateur des singularités étrangères.

Lorsque nos ancêtres se voyaient entourés de

tout ce qui pouvait servir à leur bien-être et à leur amusement, il ne se creusaient pas l'esprit pour découvrir si tel lord anglais placé dans une condition équivalente à la leur n'eût pas exigé davantage. Ils possédaient de magnifiques palais, des *villas* presque royales, mais ils ne faisaient pas de leurs somptueuses demeures une source perpétuelle de dépenses exorbitantes. L'ameublement de leurs palais répondait à la magnifience des palais mêmes, et se composait surtout d'objets d'arts, de peinture, de sculpture, de bronzes ciselés, de porcelaines, de soieries, etc., etc., mais personne ne songeait à renouveler ce mobilier coûteux aussi longtemps qu'il n'était ni détérioré, ni usé, et seulement parce que dans tel ou tel autre pays les demeures des grands seigneurs étaient meublées dans un style différent.

Je ne m'arrêterais pas si longtemps sur ce sujet futile en apparence, si les conséquences en étaient moins graves. Je l'ai déjà dit : je ne crois pas qu'il existe dans l'Italie du nord un seul des représentants de nos plus illustres familles, qui n'ait plus ou moins écorné son patrimoine, et qui ne marche vers sa ruine. Et cela sans avoir rien appris, ni fait l'acquisition d'aucun objet précieux, sans avoir introduit ni essayé d'introduire dans son pays d'autre nouveauté que les étranges coutumes de certains oisifs ultramon-

tains qui composent dans leur propre pays une
minorité restreinte et peu respectée. Il est certain que ni en France, ni en Angleterre ni même
en Russie, cette absurde maxime, que l'étude et
le choix d'une profession sont des ressources réservées aux classes pauvres qui ne sauraient
gagner leur vie que par le travail, n'est admise
ni suivie. Erreur fatale! Le travail n'est pas
seulement le moyen le plus honnête de s'enrichir; c'est le devoir de tout citoyen, ou disons
mieux, de tout être doué de raison et d'intelligence, dont le créateur demandera compte à
ceux qui l'ont reçue de lui. L'étude et le travail
sont les moyens qu'une bienfaisante providence
a mis à notre portée, pour développer et perfec-
tionner notre intelligence, et moyennant lesquels
chacun peut servir et guider son pays ; l'échelle
au moyen de laquelle toute créature humaine
peut monter de la terre au ciel, de la vie matérielle qu'elle partage avec les animaux, à la vie
intellectuelle et spirituelle à laquelle elle seule
peut aspirer.

L'aversion du travail, et le mépris de ceux
qui sont contraints à s'y livrer, sont une source
inépuisable de malheurs pour notre pays. Le
peuple et les habitants des campagnes en particulier inclinent naturellement à l'oisiveté, et
ne pouvant s'y livrer entièrement, forcés qu'ils
sont de se procurer, à l'aide de leur travail, la

nourriture, le toit et l'habillement, ils se contentent du strict nécessaire ; et, celui-ci obtenu, rien au monde ne les déciderait à prolonger d'une heure leur travail. Il en résulte que chaque nouvelle taxe ou chaque nouvel impôt, quelque modéré et équitable que soit l'une et l'autre, sont considérés par nos paysans comme des mesures vexatoires, iniques et insupportables, par cela seul qu'elles les arrachent à cette oisiveté qu'ils considèrent comme leur privilége et leur droit. Comment peuvent-ils se convaincre de leur erreur, entourés comme ils sont par d'autres paysans qui la partagent sans restriction ; aveuglément soumis à un clergé qui se propose de les maintenir dans leur ignorance, parce que celle-ci peut seule assurer la durée de sa domination sur eux, et en présence d'un maître qui, au lieu de leur inculquer l'amour du travail comme du seul moyen d'améliorer leur condition, leur donne le détestable exemple de mépriser le travail et de s'en abstenir aussi souvent que cela lui est possible ?

D'autre part, ni l'aptitude au travail, ni l'habitude de l'application, ne s'acquièrent dans un jour. Une seule et même génération née et élevée dans des habitudes d'oisiveté ne saurait composer jamais une nation énergique et laborieuse, possédant cette faculté créatrice qui distingue si éminemment entre toutes la nation

anglaise et qui la revêt d'un caractère de puissance tel, qu'une entreprise industrielle ou commerciale tentée par elle est généralement considérée comme une entreprise assurée d'un heureux
succès.

Je déplorais naguère l'anglomanie des Italiens; mais je la bénirais au contraire, si au lieu
de les pousser à l'imitation des puériles singularités d'un petit nombre de Crésus, ne sachant
comment échapper à l'ennui d'une existence sans
but, elle les portait à émuler avec l'immense
majorité des Anglais pour leur merveilleuse activité. Remarquons aussi que ces millionnaires
oisifs auxquels nos jeunes gens prodiguent une
admiration si excessive, ne sont pas tout à fait
aussi oisifs qu'on le croit en Italie, et que leur
oisiveté ne ressemble aucunement à la nôtre.
Les voyages, les chasses, les courses à che-
val, etc., qui leur servent de passe-temps, n'ont
du moins rien d'efféminé. Ils développent leurs
forces physiques, et les rendent plus propres à
exécuter les conceptions de leur intelligence,
lorsque celle-ci est aussi parvenue à un certain
degré de développement. Les voyages les plus
périlleux de notre siècle, la découverte de nouvelles terres, ou de nouveaux passages pour y
arriver, sont dus pour la plupart aux rejetons de
l'aristocratie anglaise, et ceux-là mêmes qui
n'ont pu exécuter de grands voyages, ne se sont

pourtant pas tous livrés à une vie efféminée ou
oisive. Quelques-uns se bornent aux mâles amusements de la chasse et des exercices équestres ;
d'autres se consacrent à l'agriculture, à l'industrie, au commerce ou à quelque docte profession, employant ainsi à de nobles œuvres cet
excès d'énergie vitale qui les avait entraînés
hors du droit chemin pendant leur première
jeunesse. Les hommes qui ne se vouent à aucun
travail, ni à l'étude, ni à un but d'utilité publique, ceux qui refusent ou seulement qui né-
gligent d'employer leur existence au service de
leur pays, composent en Angleterre une imperceptible et insignifiante minorité, tandis que chez
nous, les jeunes gens qui possèdent quelque fortune, et qui poursuivent néanmoins un but
patriotique, forment à leur tour de très rares
exceptions. Nous avons déjà vu que le nombre
de nos jeunes aristocrates qui ont gardé leur
patrimoine tel qu'ils l'ont reçu de leurs pères ne
dépasse pas celui des jeunes gens qui s'appli-
quent au travail sans y être contraints par le
besoin; je regrette amèrement qu'il en soit ainsi,
car je suis convaincue que le rapide dépérisse-
ment d'une classe sociale aussi importante que
la noblesse italienne, qui possédait la plus
grande partie des terres et des richesses nationales, et exerçait l'autorité et l'influence qui
forment en quelque sorte les corollaires de la

richesse, ne saurait avoir lieu sans causer un périlleux ébranlement dans la société tout entière. Je parlerai plus brièvement du caractère et des coutumes des populations du centre et du midi de l'Italie, parce que je ne suis pas témoin de leurs moindres actes comme je le suis de ce qui se passe autour de moi. Ce que je sais pourtant des Italiens du centre et du midi, ne me porte pas à les considérer comme plus experts et plus intelligents que nous ne le sommes en matière de liberté et de gouvernement constitutionnel. Pour ne citer qu'un fait bien connu de tous, l'élection répétée de Mazzini au parlement Italien comme représentant de Messine, de la seconde ville de la Sicile, ne prouve qu'avec trop d'évidence que les électeurs messinois n'ont rien compris au système du gouvernement constitutionnel. Si laSicile entendait protester contre la forme monarchique de notre gouvernement, elle devait envoyer au parlement avec Mazzini lui-même, d'autres représentants du parti républicain aussi connus que lui; puis, satisfaite d'avoir ainsi manifesté ses opinions et ses sympathies, elle ne devait pas renouveler obstinément ces manifestations après que le parlement les avait déclarées *anticonstitutionnelles*. Mais les Messinois suivirent une tout autre ligne de conduite. Ils élurent Joseph Mazzini en même temps que

d'autres députés bien connus pour leur complète adhésion à notre monarchie, et ils se livraient, à quelques jours de distance de celui des
élections, et j'oublie à quel propos, à une bruyante
démonstration en faveur de Victor Emmanuel,
enlevant ainsi à leur vote toute signification
politique et sérieuse. Enfin, lorsque le parlement eut cassé l'élection des Messinois en la
déclarant illégale et impossible, ceux-ci la répétèrent, se plaçant ainsi en opposition non plus
seulement avec le gouvernement de leur pays,
mais avec les représentants de la nation, c'est à
dire avec la nation, ou avec eux-mêmes.

Palerme ne s'est pas montrée plus intelligente
que Messine au sujet de la loi qui abolit les
ordres religieux. Personne n'ignore à quel
excès les Palermitains fanatiques et superstitieux, excités par les exhortations des moines
et des religieuses que la perte de leur priviléges
irritait jusqu'à la fureur et à la ferocité, se
livrèrent pendant plusieurs jours. Personne à
coup sûr ne prétendra qu'un peuple capable de
tels excès, soit parvenu à un degré de maturité
civile et sociale, qui lui permette de jouir
d'une liberté bien ordonnée, et les plus indul-
gents admettront qu'un peu d'éducation civile
et politique ne serait pas de trop en ce cas. Eh
bien, cette éducation, qui songe à la donner, et
comment la donnera-t-on?

L'aspect et les manières des Napolitains n'ont pas ce cachet sauvage qui dégrade les Siciliens. Ils sont doués d'ailleurs d'une intelligence si prompte et d'une imagination si vivace, qu'ils s'instruisent rapidement, et qu'ils s'approprient l'apparence des choses, sinon les choses elles-mêmes qui frappent leurs regards. Ajoutons encore que les mots au moins de constitution, de parlement, etc., etc., n'ont rién de nouveau pour eux, car les choses qu'ils représentent, eurent à Naples un commencement d'exécution vers la fin du siècle dernier d'abord, et plus tard en 1821. La présence de quelques familles illustres attirées du dehors par la singulière beauté du pays et par la vivifiante douceur du climat, y avait apporté quelques habitudes polies, et une certaine douceur dans les manières, facilement saisie et imitée par une population naturellement douce, lorsqu'elle n'est pas agitée par des passions violentes et effrénées. Aussi, Naples a fait depuis 1860 de notables progrès vers la civilisation. Les immondices ont disparu de ses rues les plus fréquentées; certaines nudités permises par le climat, mais proscrites par la civilisation ne blessent plus le regard des passants et des fidèles assemblés dans les églises; et les écoles primaires sont remplies d'enfants appartenant à des parents analphabètes.

Les Napolitains ne montrent aucune aversion
pour les lois de la civilisation (1). Mais tout
cela ne signifie pas qu'ils soient en état de
comprendre et d'apprécier les bienfaits d'un
gouvernement constitutionnel, ni d'en remplir
les devoirs, et en plus d'une circonstance les
anciens sujets des Bourbons ont montré au contraire qu'ils comprenaient seulement que la dynastie de leurs rois était changée.

Ceux de mes lecteurs qui n'ont pas oublié
quelques-unes des élections faites à Naples.
reconnaîtront avec moi que les Napolitains ont
aussi besoin d'être préparés et initiés à la jouissance de la liberté. Les dons que la nature leur
a prodigués rendront leur éducation plus facile
et plus rapide; mais, à moins de les supposer
doués de ce qu'on appelle vulgairement la *science
infuse*, je ne sais comment on pourrait s'attendre
à ce que les droits et les devoirs des nations
libres seraient subitement compris par un peuple qui n'a jamais joui de ces derniers, et auquel personne n'a jamais enseigné que les premiers existassent; par un peuple qui a toujours
subi le joug d'un despote et d'un clergé protecteur et gardien vigilant de l'ignorance et de la
superstition; par un peuple qui ne connaît pas

(1) Déjà, lorsque j'écrivais cette page, on disait tout bas
que les Napolitains opposaient aux demandes des percepteurs

de condition intermédiaire entre une aveugle obéissance et une licence effrénée.

Cette éducation civile et politique qui songe à en doter les Napolitains? Publie-t-on des feuilles périodiques, quotidiennes, hebdomadaires, mensuelles, etc., accessibles aux lecteurs les plus pauvres, dans le but de leur expliquer le sens des

---

une résistance passive qui n'avait rien de violent, mais qui ne tendait pas à remplir les coffres de l'État. On excusait la conduite des Napolitains en observant que jusqu'à l'année 1860, ceux-ci savaient à peine, et par ouï dire plutôt que par leur propre expérience, ce qu'étaient les impôts, ni à quoi ils étaient bons. Cette ignorance vraiment extraordinaire devait pourtant se dissiper rapidement, et l'on ne saurait admettre qu'une population aussi intelligente et aussi éveillée que la napolitaine ne comprenne pas qu'on ne peut construire des routes, fonder des écoles, assurer la tranquillité et la sûreté publique sans argent, et que l'argent employé à de semblables travaux, doit être fourni par les populations au profit desquelles ils sont accomplis.

L'indulgence déployée envers les premiers récalcitrants fit croire à tous les mécontents qu'en persistant dans cette résistance passive ils éviteraient d'avoir à compter avec le fisc. Ce qui est certain c'est que ces provinces ont payé jusqu'à présent à peu près 20 pour cent ou environ la cinquième partie de la quote part qui leur revient dans le paiement des impôts. Les députés napolitains siègent pourtant à l'extrême gauche de la chambre, parmi les adversaires les plus acharnés du gouvernement italien auquel ils reprochent surtout de ne pas proposer un moyen simple et économique de mettre d'accord le revenu et la dépense de l'Etat. On ne saurait croire qu'ils ignorent la cause principale de cette prétendue incapacité de notre gouvernement;

institutions nouvelles qu'ils viennent de recevoir?
A-t-on ouvert des cours publics et gratuits dans
de convenables localités où l'homme du peuple
puisse se rendre, pour apprendre à remercier
la Providence, au sujet de la liberté qu'il a
acquise et quil apprécie? Si je savais qu'une
seule de ces choses eût été tentée avec quelques
chances de succès, je n'aurais pas écrit ces

car un enfant comprendrait sans peine que la recette ne s'éle-
vant qu'environ à la moitié du préventif, le déficit doit nécessairement résulter de semblables prémisses.

La conséquence naturelle de cette différence entre le préventif et la recette, c'est la création constante de nouveaux impôts, lesquels ne rapportant à l'État qu'à peu près la moitié de
ce qu'ils devraient rendre (et cela parce qu'environ la moitié des
habitants ne paie pas sa *quote-part*), ne peuvent suffire au but
qu'on se propose. Cependant l'Italie septentrionale qui, tout en
se plaignant et en témoignant de l'humeur, finit par payer ce
qu'on exige d'elle, va en s'appauvrissant de jour en jour, et elle
court le danger de se ruiner complétement pour peu que la
situation financière du pays ne s'améliore pas promptement.

Qui donc a payé les millions employés à construire des routes
ordinaires, et des chemins de fer, à établir des télégraphes élec-
triques, à fonder de nouvelles écoles dans les provinces méridionales? Qui donc les a déboursés ces millions, puisque les provinces méridionales s'abstiennent de les payer? Nous ne sommes
pas de ceux qui considèrent le gouvernement comme un être
sui generis, possédant des trésors immenses, inépuisables, indépendamment des sommes qu'il tire des impôts. Nous sommes
donc conduits à cette conclusion : que les travaux exécutés dans
les provinces méridionales n'ayant rien coûté à ceux qui en pro-

pages. Mais je vois les années se succéder rapidement; je vois les effets de l'ignorance générale qui embarrasse et arrête quelquefois le progrès de notre développement national; et je n'aperçois pas qu'on s'occupe de porter remède à l'ignorance de notre génération. On enseigne à lire à la génération nouvelle, et l'on se flatte sans doute que ces nouveaux lettrés

fitent, et n'ayant été payés que moyennant l'argent tiré des impôts, ces travaux ont été exécutés aux dépens des provinces septentrionales et centrales, selon la mesure de leurs forces respectives.

Nous comprenons fort bien que le gouvernement italien n'aie pas attendu pour achever les travaux commencés dans les provinces méridionales, que les habitants de celles-ci se résignassent à payer l'impôt. L'exécution de ces travaux et la mise en pratique des institutions nouvelles étaient nécessaires à la fusion de nos différentes populations, c'est à dire à la consolidation de notre unité politique; objet que nous devons nous efforcer d'atteindre, n'importe à quel prix. Nous ne refuserions pas non plus de continuer de payer à l'avenir les frais des avantages procurés aux provinces napolitaines, si nous croyions pouvoir y suffire; mais nous voyons avec douleur qu'en suivant la marche tenue jusqu'ici, nous arriverons bientôt à la banqueroute sans aucune utilité pour le pays. Nous croyons donc qu'il est urgent de rétablir l'équilibre entre les finances des provinces italiennes, et entre celles-ci, et le préventif de nos budgets, en obligeant les Napolitains à payer leur quote-part des dépenses générales. Il faudra tôt ou tard en venir là; et les délais n'ont d'autre effet que de persuader aux Napolitains qu'en persistant dans leur résistance, ils finiront par l'emporter.

emploieront le savoir acquis à s'instruire dans tout ce qu'il leur importe de connaître. Mais cet espoir me semble illusoire. Les paysans lombards ont presque tous fréquenté dans leur enfance les écoles primaires ; mais aussi long-temps qu'on n'y acquerra qu'un instrument pour apprendre ensuite ce qu'il est bon de savoir, on ne saurait attendre d'un enfant qui a achevé ses études à l'âge de douze ans, et qui rentre alors dans le cercle étroit de la vie domestique et des travaux de la campagne, n'ayant emporté de son école qu'un mince bagage de connaissances humaines, c'est à dire savoir lire, griffonner son nom, et exécuter tant bien que mal les quatre premières opérations de l'arithmétique ; on ne saurait attendre, disais-je, d'un enfant placé dans de telles conditions qu'il conserve soigneu-sement les notions acquises et qu'il les emploie plus tard à apprendre ce que tout membre d'une nation libre ne peut ni ne doit ignorer. Ce qui doit naturellement arriver et ce qui arrive en effet, c'est que l'enfant qui savait lire à douze ans a oublié jusqu'à ses lettres avant d'être parvenu à sa vingtième année.

Je ne puis m'exprimer au sujet de la Toscane et des provinces qui composaient, avant les années 1859 et 1860, les États romains, que dans les termes mêmes que j'ai employés en parlant du reste de l'Italie, ou à peu de chose près. Le

Toscan n'aspire guère qu'à un doux et innocent repos. Il se contente d'une aisance médiocre; il se contentera même du strict nécessaire, pourvu qu'on lui permette d'en jouir paisiblement, sans efforts, ni travail. C'est à peu près ainsi que nous nous représentons la vie des anciens bergers de l'Arcadie. Mais rien ne contraste plus avec les coutumes de l'Arcadie que celles de notre société actuelle. Je l'ai dit plus haut : celui de nous qui ne travaille pas, qui ne poursuit pas un objet auquel il ne peut atteindre sans travail ni sans fatigue, celui qui se plaît dans l'oisiveté, et rien que dans l'oisiveté, celui-là ne trouvera seulement pas trois mètres de terrain à s'étendre à son aise, au milieu du progrès tourbillonnant qui nous entraîne, et il sera écrasé sous le lourd *Jaghernautt* de la science, de l'industrie, du commerce, des richesses, en un mot de la civilisation.

La Toscane est un petit pays assez pauvre, habité par une population douce et intelligente, mais paresseuse, inerte; qui n'a jamais marché sur la voie que parcourent aujourd'hui les nations libres et civilisées. Tout était à faire en Toscane, lorsqu'elle fut annexée au royaume d'Italie qui se formait alors. Il y a plus de deux ans qu'un concours de circonstances favorables pour elle, transporta dans sa capitale le siége du gouvernement. Florence succéda à Turin, et

de même que Turin se montrait affligée et indi-
gnée de ce changement, il était naturel de s'attendre à ce que Florence s'en montrerait à la
fois heureuse et reconnaissante. Florence reçut la
nouvelle de son élévation au rang de capitale
tout autrement qu'on ne l'avait prévu. Que le
chiffre de sa population fût doublé en quelques
jours ; que de nouveaux édifices s'élevassent,
comme par enchantement dans ses rues ; que
l'argent y circulât de plus en plus rapidement ;
qu'aucun riche étranger ne visitât dorénavant
l'Italie sans faire un séjour plus ou moins long
dans ses murs ; rien de tout cela ne la toucha,
ou pour mieux dire tout cela n'éveilla en elle
que des sentimens de regret, d'aversion et d'ef-
froi. D'où venait cette singulière appréciation de
sa nouvelle position ? De la pensée que tous ces
nouveaux venus accourant à la capitale, feraient
monter le taux des loyers ainsi que le prix des
objets de première nécessité. Il est vrai que
les maisons de Florence appartenant aux Florentins, l'augmentation du prix de leurs loyers
serait toute à l'avantage des Florentins mêmes ;
et que la même chose pouvait se dire des objets
de première nécessité, tels que les farines, la
viande de boucherie, les laitages, le vin, etc.
Les Florentins ne sont pas des idiots, et ils comprenaient toutes ces choses, comme l'eût fait
l'économiste le plus versé dans ces matières.

Mais ils comprenaient aussi que l'accroissement de la consommation des vivres et du besoin d'habitations, seule cause de l'augmentation de leurs prix, rendrait nécessaire un accroissement. correspondant de la production et par conséquent de travail et de fatigue. C'est en vain qu'on leur représentait qu'en même temps que les consommateurs afflueraient à Florence, les producteurs accourraient du dehors, c'est à dire des autres provinces italiennes, et de la Toscane elle-même, et que ces producteurs, c'est à dire ces artisans, ouvriers, etc., se chargeraient avec empressement de ce surcroît de travail, dont les Florentins s'effrayaient. Ces nouveaux artisans feront naître la concurrence, répondaient tristement les Florentins ; et pour obtenir le travail auquel nous avons suffi jusqu'ici, nous serons forcés d'entrer en lutte avec les nouveaux venus. Ceux-ci travailleront autrement que nous ne le faisons, et le résultat de leurs travaux sera préféré au nôtre, ne fût-ce qu'à cause de la nouveauté ; il nous faudra étudier, modifier nos méthodes de fabrication, nous exercer, etc., etc. El plutôt que de courir le risque d'un accroissement de travail qui leur procurerait certainement une augmentation de richesse, uu grand nombre de Florentins ont préféré quitter la capitale et se réfugier dans les districts de Pistoja, de Pescia, de Prato, etc., comme dans de tranquilles retraites non encore envahies par les multitudes et par la civilisation, où il est encore possible de végéter en paix, dans une oisiveté délicieuse et décente. Le sacrifice leur a été fort pénible, et l'invasion de cette foule d'ambitieux inquiets et cupides qui ne respectent aucune chose ici-bas, et qui bouleversent sans remords le cour paisible de leur existence, fut saluée par les Toscans avec une amertume que le gouvernement du grand-duc n'avait jamais excité. Mais quelque pénible qu'il fût, le sacrifice a été accompli ; et à cette heure un certain nombre d'établissements industriels et commerciaux, ont été créés à Florence par des Piémontais et des Lombards, car ceux-ci comparés aux Toscans, peuvent passer pour des prodiges d'activité et d'énergie.

Je ne suis nullement étonnée que de telles choses se passent en Italie ; et nous serions véritablement d'une trempe singulière, et je dirais presque supérieure à la nature humaine si l'esclavage constant qui a été notre lot jusqu'ici, n'avait pas laissé son empreinte sur notre caractère. Je ne suppose pas non plus que ces tâches soient ineffaçables ; je suis au contraire convaincue qu'elles disparaîtront rapidement sous un traitement convenable, et j'ai bon espoir que la génération qui nous succède n'en conservera point de traces. Ce qui m'afflige c'est de voir que personne ne s'occupe de porter remède à cette infirmité ; et qu'en Toscane même là, où la capitale rassemble toutes les forces vives de la nation, là où l'instruction, les lettres et les sciences furent toujours honorées, sinon cultivées, aucun contre-poison n'ait encore été ni discuté, ni seulement proposé.

Voilà de quoi je me plains ; et non pas du besoin que nous avons d'un contre-poison ; lequel besoin est à mon avis la chose la plus naturelle du monde.

Les provinces qui composaient avant les années 1859 et 1860 les États romains, et qui sont les Légations, l'Ombrie, etc., etc., n'ont pas montré jusqu'ici qu'elles ne comprennent pas les droits et les devoirs des peuples libres, ainsi que les lois de la société moderne. Ces populations gouvernées despotiquement jusqu'ici par le clergé, n'ont manifesté aucun symptôme de fanatisme ni de superstition. Elles ont accepté et accompli tous les sacrifices qui leur ont été imposés, sans faire paraître le moindre signe de mécontentement, et elles avancent par degrés vers une condition meilleure, grace à la construction de nouvelles routes, à l'établissement de nouvelles écoles, à la création de tribunaux réguliers et de magistrats respectables, en s'exerçant au maniement des armes, et à tout ce qui est nécessaire maintenant pour faire de bons soldats et d'habiles officiers. Je n'hésite pas à dire que ces populations pourraient servir d'exemple et de modèle à toutes les autres; mais il y a certains progrès que les peuples ne sauraient exécuter d'eux-mêmes et dont l'initiative doit être prise par un individu ou par une association formée dans ce but. Les populations des anciens États romains sont douées d'une mâle prudence. Elles savent souffrir et se taire, elles savent lutter, résister et combattre, et je crois qu'elles sauraient au besoin étudier et apprendre. Mais elles n'ont jamais été ce qu'on est convenu d'appeler des populations industrielles, c'est à dire qu'elles n'ont jamais cultivé ni le commerce ni l'industrie. C'est pourtant à ces deux sources de prospérité nationale qu'elles doivent se consacrer sans perdre de temps, car la culture du sol qui les nourrit ne saurait atteindre un développement considérable, vu la nature même de ce sol. Jusqu'aux années 1859 et 1860, ces populations vivaient surtout des aumônes distribuées à la porte des couvents nombreux qui possédaient la plus grande partie de ces provinces; mais ces aumônes sont aujourd'hui épuisées, et il est urgent de trouver quelque chose qui les remplace. Si l'on essayait de fonder quelque établissement industriel, manufacture, fabrique, etc., je ne vois pas d'où viendraient les obstacles, et suis convaincue, qu'on trouverait dans les populations un concours empressé et reconnaissant. On n'obtient rien ici-bas, sans travail et fatigue. Mais ni la bonne volonté ni la capacité ne sauraient suffire lorsque la direction fait défaut; or, la direction n'est pas le fait des multitudes, mais de l'individu.

L'Italie est matériellement faite, c'est à dire qu'elle est à fort peu de chose près réunie sous le même gouvernement, et qu'elle n'a plus d'ordre à recevoir de l'étranger. L'Europe a unanimement réconnu nos droits à l'existence comme nation indépendante. Dans le cours des sept années qui composent notre existence en qualité de nation nous avons obtenu de beaux résultats. La destruction du brigandage; l'abolition des couvents comme corps moraux, reconnus par la loi et possédant les droits civils et politiques; la transformation des biens ecclésiastiques et la constitution nouvelle du clergé en ce qui concerne les finances; l'unification des codes civils, pénals, etc.; le transfèrement du siége du gouvernement et du parlement de Turin à Florence; la réunion des provinces vénitiennes au reste de l'Italie, et·la perpective de nous trouver sous peu en condition de traiter directement avec le Saint-Père de la cession du pouvoir temporel, et des compensations qu'il a le droit d'attendre en retour de cette cession. Et tous ces résultats nous les avons obtenus sans traverser ces tristes et sanglantes crises révolutionnaires, ces réactions, ces guerres civiles qui laissent d'ineffaçables traces et de douloureux souvenirs chez les peuples qui les ont subies. Ce sont là d'immenses bienfaits dont nous ne saurions nous montrer suffisamment reconnaissants envers la Providence et envers les hommes qu'elle a employés comme ses instruments dans l'œuvre de notre régénération. Mais c'est précisément parce que nous avons été jusqu'ici l'objet d'une protection si évidente et si gratuite, que nous devons dorénavant nous en montrer dignes, en nous mettant hardiment à l'œuvre, et en ne reculant devant aucun effort ni sacrifice, en supportant n'importe quelle fatigue, quel ennui, quel découragement, quelle répugnance afin de placer notre patrie au niveau des contrées les plus civilisées et les plus respectées du monde.

Quels sont les obstacles qui s'opposent à nos progrès? Voici les deux principaux :

1° La dépravation subie par notre caractère sous l'action d'une tyrannie de tant de siècles; tyrannie astucieuse et inique, qui non satisfaite de nous soumettre par la violence et les mauvais traitements à une aveugle obéissance, s'appliquait à nous rendre à tout jamais incapables de jouir d'une sage liberté sans en abuser.

2° Le défaut d'argent; tandis que nous aurions un si grand besoin d'abondantes ressources pour doter notre pays de toutes les conquêtes de la science moderne, telles que chemins de fer, canaux navigables, manufactures, exploitations de mines, machines, ponts, etc., pour entretenir sur pied une armée considérable, pour fonder une marine proportionnée à l'étendue de notre littoral; pour acquérir enfin tout ce que nos anciens maîtres ne prirent aucun souci de nous fournir.

Le premier de ces obstacles est assurément le plus grave, et le plus difficile à surmonter; le second pouvant être considéré jusqu'à un certain point comme une conséquence du premier.

Pour parvenir à surmonter ces obstacles il faut d'abord en étudier attentivement la nature, le caractère, la puissance et apprécier l'action qu'ils exercent sur le naturel et sur les mœurs des populations italiennes. Nous avons vu comment l'oppression subie par l'Italie pendant tant de siècles, nous a dépouillés de l'activité énergique qui est peut être la première parmi les facultés indispensables à l'existence des nations, et qui correspond exactement à ce qu'on nomme la force vitale de l'individu. Et ce défaut d'activité et d'énergie entraîne après lui une longue suite de funestes inconvénients. L'un des effets produits par le despotisme c'est d'égarer et de fausser le jugement de ses victimes. Les faits et les événements ne produisent plus pour elles leurs conséquences naturelles qui sont d'autres événements et d'autre faits. L'ignorant ne prévoit jamais la succession des événements futurs, d'après le cours suivi par les événements passés. Les idées de causes et d'effets n'existent pas pour lui, car la volonté ou le caprice du despote intervient ou peut intervenir à chaque instant pour bouleverser le cours régulier des choses. Supposons par exemple qu'un homme se lance dans une spéculation ruineuse, sans posséder aucune des ressources qui pourraient en atténuer les dangers, le public juge avec raison que la perte du téméraire spéculateur est assurée. Mais que quelqu'un jouisse de la protection de n'importe quel personnage appartenant plus ou moins directement à la maison du maître, et connaissant les sombres détours qui conduisent à son oreille, celui-là usera de ses connaissances en faveur de son ami, et au dernier instant, lorsque l'abîme s'ouvrira sous les pieds de l'imprudent, lorsque sa chute sera certaine, la main toute-puissante du despote le saisira, l'enlèvera et le déposera doucement sur le sol à l'abri des agitations et des périls. Qui sait même si la protection du maître n'ira pas jusqu'à empêcher les créanciers de l'imprudent, de se faire restituer l'argent qu'ils lui ont confié? Et l'enseignement que le public reçoit de pareils

faits, c'est que la faveur du souverain est la seule
ancre de sûreté sur laquelle il est sage de compter. L'expérience de chaque jour ne lui enseigne
rien de plus. L'imprudence n'est plus la source
de tout insuccès, la science, l'habileté, la modération la précision des vues, la fécondité des
expédients, l'exactitude à remplir les engagements contractés, ne sont plus autant d'éléments de succès. La faveur du prince tient lieu
de tout mérite, et il n'en est aucun qui la remplace. Lorsque la toute-puissance de cette
faveur a cessé, et qu'une constitution interdit
au souverain d'intervenir dans les affaires privées des citoyens, à qui s'adressera-t-il ce peuple
accoutumé à ne compter que sur la protection
du maître, s'il veut obtenir des conseils et un
appui?

C'est là ce qui nous est arrivé. On a essayé
beaucoup de choses depuis 1859 en Italie, mais
ces essais ont été dirigés comme si le succès
ou l'insuccès de l'entreprise étaient de simples
accidents tout à fait indépendants de la direction imprimée à l'entreprise elle-même. On a
souvent répété dans ces derniers temps que les
spéculateurs italiens plaçaient leur confiance
dans l'étoile d'Italie, mais le fait est que l'immense majorité de nos spéculateurs ne s'est
jamais appliquée à connaître les conditions dans
lesquelles toute spéculation doit être placée pour

qu'on puisse lui présager un heureux succès. Il
y a plus. Quoique nos spéculateurs n'aient rien
à attendre de la faveur royale, ils imputent leurs
revers à la malveillance du gouvernement. Le
ministre n'a jamais regardé favorablement cette
malencontreuse entreprise, vous répondront-ils
si vous les interrogez sur les causes de leur
chute ; je ne sais en quoi je puis avoir offensé le
secrétaire général, mais il ne m'a jamais
témoigné ni intérêt ni sympathie, et si mon entreprise a échoué c'est que le gouvernement n'a
rien fait pour me sauver, tandis qu'il lui eût
été si facile d'empêcher ma ruine. Et tandis
qu'ils s'expriment ainsi, ils accusent, dans le se-
cret de leur âme, le gouvernement de mauvaise
foi, d'esprit de vengeance, de vénalité, de corruption, etc. etc., perpétuant ainsi entre les
citoyens et les membres du gouvernement, ces
sentiments de défiance, et cette mauvaise humeur
qui forment un insurmontable obstacle au développement régulier de notre prospérité.

Le spéculateur n'est pas toujours dans l'erreur
lorsqu'il dit que le gouvernement aurait pu le
sauver s'il l'avait voulu. Il l'aurait pu en effet,
mais c'eût été en dépassant les bornes posées
par la constitution à sa sphère d'influence et
d'action. Le gouvernement d'un pays libre ne
doit intervenir dans les affaires privées des
citoyens, si ce n'est pour faire respecter et

exécuter les lois qui se rapportent à elle. Un
gouvernement constitutionnel ne doit pas revêtir le caractère paternel. Il est le délégué de la
nation, il n'en est pas le tuteur, et moins encore
en est-il le maître. C'est là ce que nous ne comprenons pas encore. Nous n'attendions du gouvernement autrichien et des gouvernements qui
provenaient de lui, que des persécutions, des
vexations, des injustices, des insolences, et
notre attente, souvent dépassée, ne fut jamais
trompée. Nous attendons aujourd'hui de notre
gouvernement le contraire de ce que nous attendions de l'Autriche, et nous nous trouvons nécessairement déchu dans nos espérances. Quand
comprendrons-nous que ce que nous avons le
droit d'attendre d'un gouvernement constitutionnel tel que le nôtre, c'est qu'il s'abstienne de
toute intervention dans nos affaires privées
aussi longtemps que les lois ne sont pas blessées
par nos actes. Ce besoin constant d'appui, de
protection, de faveur et de direction, est la
plaie la plus profonde qui nous est restée de
nos chaînes aujourd'hui brisées. C'est un symptôme trop évident de la faiblesse de notre caractère, de notre volonté, de notre jugement. C'est
en outre une tentation pour notre gouvernement, qui se trouvant sans cesse imploré par
les citoyens pour qu'il se mêle de ses affaires et
sachant que ses refus produisent le mécontent-

tement et l'aversion, doit être abondamment
doué de probité et d'intelligence pour ne pas
oublier ses devoirs et pour ne pas se laisser entraîner à devenir un gouvernement paternel,
c'est à dire absolu et despotique.

L'ignorance au sein de laquelle nous végé-
tions, et dans laquelle nous étions forcément
maintenus par nos maîtres, combinée avec l'indolence naturelle propre à tous les peuples du
midi, nous a rendus incapables jusqu'ici, de
rivaliser avec les nations nos voisines, quant à
l'industrie et au commerce; en même temps
qu'elle nous a livrés sans défense à la superstition et à l'action d'un clergé qui n'est pas, à
vrai dire, plus éclairé ni plus actif que la population à laquelle il s'impose, mais qui reçoit de
Rome ses instructions et son mot d'ordre.

L'Italie méridionale est entièrement dévouée
à son clergé et à la foule de moines et de religieuses qui la dévorent; l'Italie septentrionale
n'est plus aussi aveugle, ou du moins les habitants de ses villes se sont soustraits à la tutelle
cléricale, mais nos populations rurales sont
dominées par le clergé non moins que les
populations du midi. Notre clergé est moins
ignorant, et moins sensuel que le clergé napolitain et sicilien; mais je crains qu'en revanche,
il ne soit aussi moins sincère. Soumis à un petit
nombre de grands dignitaires ecclésiastiques

qui sont en état de perpétuelle révolte contre le gouvernement italien, et qui conspirent sans relâche pour le renverser, le clergé de nos campagnes, maître absolu du cœur de son troupeau, simule des tendances libérales, déplore tout haut son impuissance à soulager les pauvres de leurs souffrances, tandis qu'il s'oppose effectivement et secrètement à tout ce qui pourrait racheter le paysan de son ignorance et l'éclairer sur ses intérêts bien compris, pour l'entretenir au contraire dans un état de stupide hostilité contre ses protecteurs naturels.

Les propriétaires fonciers du nord de l'Italie, disposent d'une infinité de moyens pour combattre l'influence du clergé, et pour y substituer la leur. Mais on n'obtient rien sans se donner quelque peine et sans s'exposer à ressentir de la fatigue, et la fatigue est précisément la chose qui répugne davantage à la génération actuelle. Les terres qui produisent davantage, celles qui prêtent encore quelque valeur à la propriété foncière, composent la contrée qu'on désigne sous le nom de basse Lombardie, et qui contient les territoires de Lodi, de Pavie, de Crema, de Plaisance, la Lomelline et le bas Novarrais, pays plats, et qui sont privés des charmes pittoresques réservés au pays montagneux. L'air de ces plaines est en outre imprégné de miasmes palustres, et leurs habitants sont exposés aux fièvres intermittentes et périodiques, qui dégénèrent souvent en fièvres pernicieuses, ce qui fournit aux propriétaires du sol un prétexte plausible pour demeurer éloignés de ces lieux. Ces propriétés qui forment aujourd'hui toute la richesse des Lombards, sont affermées à une classe de citoyens qui n'a peut-être son équivalent que dans quelques États de l'Amérique.

Quelques-uns de ces fermiers sont sortis de la classe des paysans, et conservent encore la profonde ignorance et l'avidité du gain qui distinguent la classe dont ils tirent leur origine.

Un paysan plus heureux ou plus rusé que ses camarades, qui est parvenu à mettre de côté quelques milliers de francs, passe aussitôt dans la classe des fermiers. Il afferme une petite propriété, il s'y établit avec sa famille, et il commence une nouvelle existence. Il brise incontinent tout lien de parenté ou d'affection qui le rattachait à ses anciens camarades. Dès lors le paysan devient le serviteur peu zélé et peu fidèle du nouveau fermier, et celui-ci revêt envers le paysan le caractère du tyran vulgaire, brutal, et quelquefois cruel.

Le paysan qui a atteint ainsi une sphère plus élevée que celle où il avait pris naissance, doit nécessairement posséder quelques facultés dont ses anciens collègues sont privés ; et ces facultés sont d'ordinaire la perspicacité, la finesse, la dissimulation, la cupidité et un certain instinct qui le porte vers une spéculation plutôt que vers une autre. Il faut aussi qu'il ne soit ni entravé ni incommodé par une conscience trop délicate ; que la pitié pour les souffrances de ses semblables ne parle pas trop haut dans son cœur, et que la pensée des dommages qu'il cause à ses voisins ne l'empêche pas de se pousser en avant. Ces facultés ne sont assurément pas celles qui distinguent l'honnête homme et le chrétien ; et les richesses qui s'accumulent petit à petit entre les mains de semblables hommes demeurent stériles pour le pays. A ces facultés que nous désignerions plus correctement par le mot de *vices* s'ajoutent bientôt l'orgueil et la vanité du succès, puis l'ambition de succès nouveaux, et enfin une haine sans borne pour tout ce qui s'oppose à son élévation, et pour ce qui est utile à autrui plutôt qu'à lui-même.

Habitué dès sa naissance à toutes les privations de la pauvreté la plus absolue, il traite avec un souverain mépris les plaintes des paysans demeurés pauvres, tandis qu'il croit avoir acquis le droit de se dédommager de ses souffrances passées, en donnant la plus ample satisfaction à tous ses instincts matériels. Mais les délicatesses et les raffinements du luxe élégant lui étant inconnues, les instincts qu'il s'applique à satisfaire, se bornent à l'amour de la bonne chère et de la boisson, à fumer et à priser du tabac. Les paysans qui lui sont soumis n'ont à son avis aucun droit d'espérer qu'il améliorera leur condition. Pourquoi ne suivent-ils pas son exemple? Pourquoi ne savent-ils pas s'enrichir? Le pauvre doit souffrir; telle est la morale du paysan enrichi.

Une existence aussi dépourvue de toute aspiration élevée, de toute tendresse et de toute honnêteté, doit nécessairement corrompre la nature morale de celui qui l'accepte. C'est donc une chose vraiment déplorable que de voir la seule industrie qui ait fait en Italie de certains progrès, même sont la domination autrichienne, la seule qui rapporte quelque avantage au pays, soit confiée, du moins en partie, à une classe d'hommes si indignes de leur mission. Et l'on ne saurait espérer que ce sentiment de foi religieuse qui exerce une si puissante influence sur les pauvres habitants de nos campagnes, et qui ne leur permet pas de dépasser jamais certaines bornes, puisse exercer sur le paysan enrichi la même action. Celui-ci se considère comme supérieur à la simple loi du Christ qui lui semble faite uniquement pour des créatures inférieures, et il a soin d'obtenir l'indulgence et la tolérance de son curé par quelques dons, ou en lui réservant une place à sa table.

J'ai dit que le paysan enrichi est l'ennemi naturel du paysan demeuré pauvre. Mais cette inimitié disparaît presque auprès de la haine et de la crainte que le petit fermier éprouve pour le propriétaire du terrain qu'il cultive, pour celui qu'il appelle *le maître*. Le paysan n'est aux yeux du petit fermier qu'un instrument dont il se sert pour acquérir la richesse, et auquel il accorde quelque fraction de cette richesse même afin de l'entretenir en état de lui rendre à l'avenir les mêmes services que par le passé. Mais le propriétaire est le légitime possesseur des richesses qu'ambitionne le petit fermier, et dont il prétend dépouiller celui-là. En présence du maître le fermier porte un masque, et il professe des sentiments et des principes dont il rit dans son cœur. Le paysan enrichi ne prend aucun souci de paraître aux yeux du pauvre autrement qu'il n'est en effet; et cette liberté dont il jouit vis-à-vis de ses subordonnés, comparée à la retenue qu'il s'impose devant son maître, lui rend ce dernier infiniment plus haïssable que le premier. Celui-ci est d'ailleurs complétement en son pouvoir, tandis que le propriétaire peut interrompre à chaque instant le cours de ses acquisitions et de ses conquêtes. Le paysan enrichi redoute son maître tandis que lui-même est redouté par le paysan pauvre; d'où il résulte que le propriétaire est le principal objet de la haine du petit fermier.

Il devrait être superflu d'ajouter que tous nos fermiers ne ressemblent pas au portrait que je viens de tracer. Non seulement il y a parmi eux des exceptions ; mais elles sont si nombreuses, que le mot serait mieux appliqué aux originaux mêmes de ce portrait qu'aux autres membres de la classe de nos fermiers. Les agriculteurs qui afferment des propriétés considérables ne sauraient être des paysans enrichis ; aussi le plus grand nombre d'entre eux appartiennent à des familles dans l'aisance et civilisées, car nul agriculteur ne peut entreprendre de faire valoir une propriété de premier ordre, s'il n'est muni de capitaux considébles, qui lui servent à acheter ce qu'on appelle les *scorte* (provisions) consistant en troupeaux de vaches laitières, en bœufs, en chevaux, en un mot en bétail de tout genre ; à payer au propriétaire le prix anticipé d'une année de loyer, telle étant la coutume dans ces contrées, et à subvenir aux frais de culture jusqu'à l'époque de la première récolte, ainsi qu'à réparer et à supporter les désastres qui se reproduisent assez souvent pour être portés en ligne de compte, et que l'on évalue généralement à une année du loyer, en sus de celles qui s'écoulent réellement, c'est à dire à une année sur douze. Ces agriculteurs ont donc reçu une éducation nullement inférieure à celles que reçoivent les

jeunes habitants des villes qui se destinent
à la carrière d'ingénieur, d'avocat, de méde-
cin, etc., etc., et les lois de la morale et de la
probité ne sauraient être négligées dans une
éducation semblable. De tels fermiers n'ambitionnent pas des gains illicites et ils ne considèrent par conséquent pas le propriétaire comme
leur ennemi. Mais cette classe de fermiers est
fort peu nombreuse, car il arrive rarement
qu'un homme élevé dans une famille honnête et
polie, parmi des gens instruits et éclairés, accoutumé aux délicatesses d'une société civilisée, se décide à renoncer à tant d'avantages
pour embrasser une existence rude et fatigante
au milieu d'êtres grossiers, ignorants et plutôt
portés au mal qu'au bien. Des circonstances
particulières, ou des dispositions naturelles
puissantes, produisent parfois ce phénomène;
mais alors on voit s'opérer une transformation
qui suffirait à démontrer combien la condition
de nos fermiers est peu en harmonie avec les
besoins et les progrès de notre société civilisée;
on voit trop souvent, dis-je, l'homme instruit
cultivé, élevé pour occuper un rang distingué
parmi ses concitoyens, qui se trouve jeté soudainement en dehors de la société pour laquelle
il était fait, laissé sans nourriture intellectuelle,
réduit à s'appliquer exclusivement à la réalisation du plus grand luxe, on le voit descendre

16

rapidement la pente qui conduit à l'existence grossière de ses confrères, chercher et trouver des distractions dans les plaisirs les plus vulgaires, et oublier peu à peu les mœurs élevées et pures de ses premières années.

Une autre catégorie de riches fermiers plus nombreuse que la précédente est en même temps digne du respect général. Elle se compose de familles vouées depuis plusieurs générations à l'agriculture. Le père laisse en mourant la direction de ses affaires et de la famille au premier-né de ses fils, qui revêt immédiatement l'autorité paternelle, tandis que ses plus jeunes frères l'acceptent et s'y soumettent sans hésitation, ni murmure comme ils feraient pour une loi naturelle. Ces familles sont demeurées pour ainsi dire immobiles et dans un monde à part pendant plusieurs générations, et elles ont pris naissance à une époque où la stricte observance de la morale chrétienne et catholique, l'éloignement des villes, et la vie simple et active qui formait leur apanage, suffisaient à préserver leurs mœurs et leurs principes de toute corruption.

Elles sont encore debout comme des monuments d'une époque qui est déjà loin derrière nous. Nous les respectons parce qu'elles méritent notre respect. Nous n'avons à craindre de leur part, ni intrigues, ni trahisons, ni cruautés envers les pauvres paysans, mais nous savons que leur existence tire à sa fin. La vie des patriarches ne saurait se reproduire de nos jours. Il n'est point de campagne aujourd'hui, quelque isolée qu'elle paraisse, qui puisse se défendre de l'action envahissante de la vie des cités. Les progrès de la société étaient jadis très lents, et les générations se développaient conformément à l'éducation qu'elles avaient reçue dans leur enfance et qui leur suffisait pourvu qu'elle fût honnête, et qu'elle comprît les acquisitions déjà accomplies par la civilisation. Le père pouvait servir alors d'exemple et de modèle à ses fils. Aujourd'hui tout cela est changé. L'éducation même la plus complète ne suffit pas pour la vie naturelle de l'individu, lorsque celui-ci, négligeant de la continuer et de la perpétuer, commet l'erreur de la croire suffisante et de la clore.

Les progrès des sciences et des arts qui forment aujourd'hui les bases et l'essence de la civilisation, sont maintenant si rapides, continus et infinis, qu'un homme parvient difficilement à les suivre et à en prendre note. Nos pères attendaient l'âge du repos, et celui-ci arrivait pour eux avec la vieillesse. De nos jours, celui qui aspire au repos doit s'isoler complétement de toute société, fermer les yeux, se boucher les oreilles, ignorer le sort de ses semblables, car dans tout le monde habité et civilisé, il ne trouvera plus une retraite consacrée au repos. Nous sommes entrés dans la sphère du progrès non interrompu, du mouvement perpétuel et précipité. Celui qui après un repos de dix années rentrerait dans la société trouverait chaque chose tellement transformée, qu'il pourrait se croire tombé au milieu d'une classe d'êtres nouveaux, n'ayant rien de commun avec lui, pas même l'origine. L'époque des familles et des mœurs patriarchales est close. Je le regrette parce qu'elles étaient comme des monuments de moralité, d'affection gouvernée par le devoir, et de piété sincère. Mais la société qui tend incessamment à son but a besoin d'autres instruments. Je ne m'arrêterai pas davantage à cette catégorie de riches agriculteurs italiens, car quoiqu'elle soit fort nombreuse aujourd'hui, je la crois condamnée à disparaître sous peu de la face de notre pays. Je ne vois pour elle ni une place, ni une mission dans la nouvelle société industrielle.

Une question que nos riches agriculteurs sont appelés à résoudre, et qui les préoccupe à juste titre, c'est celle de l'éducation la plus convenable à donner à leurs enfants.

Quelques pères de familles désirent procurer à leurs enfants les avantages de l'éducation telle qu'on la reçoit dans les villes et aux universités.

Ils se préparent ainsi des successeurs munis du diplôme de docteur en lois ou en médecine, qui ont appris beaucoup de choses, mais presque aucune de celles qu'ils devraient nécessairement savoir. D'autres au contraire s'indignent à la seule pensée que leur fils apprennent plus qu'eux-mêmes n'ont jamais su ; et ils se bornent à leur transmettre le même bagage de connaissances que leurs pères leur ont transmis un demi-siècle plus tôt.

De telles éducations ont les plus déplorables résultats. L'ignorance pour ainsi dire inoffensive des parents qui se trouvaient placés dans un milieu parfaitement en harmonie avec elle, devient pitoyable, et je dirais presque monstrueuse dans les fils, lorsque ceux-ci se trouvent en présence de questions ou d'individus qui leur sont infiniment supérieurs. Chacun de leurs actes, de leurs mouvements, de leurs projets les rend ridicules, et leur attire le mépris de tous en même temps qu'ils leur enlèvent tout crédit. Le jeune fermier ne peut se défendre, et défendre ses intérêts que moyennant la ruse, l'astuce, et la malignité; et ne pouvant juger avec précision ni son infériorité, ni la valeur de ses ressources, il les emploie toutes sans mesure ni discernement, persuadé que plus il causera de dommages à ses voisins, et plus il augmentera ses chances de succès.

J'ai parlé si longuement de nos riches agriculteurs parce qu'ils forment réellement un des principaux instruments de la prospérité nationale; l'industrie agricole étant la seule qui puisse soutenir la concurrence avec l'industrie étrangère, et étant d'ailleurs complétement livrée à la merci de nos riches fermiers. Il est bon que le pays, et que les propriétaires fonciers en particulier sachent sur qui repose la richesse de la nation.

Lorsque la nouvelle loi sur la constitution des communes fut publiée et mise à exécution dans nos campagnes, quelques-uns de nos fermiers conçurent une pensée ambitieuse. Un certain nombre d'entre eux se proposèrent de s'emparer exclusivement de l'autorité que la loi accorde aux populations rurales. Dans plusieurs communes les votes des paysans furent ou achetés à beaux deniers comptant, ou arrachés par des menaces, et les élections communales furent favorables au plus ambitieux des fermiers du lieu. Le projet de ces fermiers était d'occuper tous les syndicats, de remplir de leurs créatures les conseils communaux, d'imposer à leur fantaisie les communes, d'entraver les progrès de l'instruction primaire, et les réformes salutaires que la loi favorisait, d'empêcher la construction de nouvelles routes destinées à faciliter les communications entre les diverses provinces italiennes; ils espéraient en outre se faire élire députés au parlement, nourrir et accroître la stupide hostilité des paysans envers le nouvel ordre de choses, en les maintenant sous le triple joug de la misère, de l'ignorance et de la superstition, et préparer ainsi le retour des anciens dominateurs qu'ils appellent de tous leurs vœux, seulement parce qu'ils les considèrent comme les ennemis naturels de la classe des propriétaires fonciers.

Ces projets ambitieux et peu honnêtes échouèrent jusqu'ici par différentes causes. Ils furent déjoués dans quelques communes par des hommes respectables qui dévoilèrent aux yeux des paysans les intrigues de leurs tyrans, et qui les protégèrent contre les conséquences menacées de leur rébellion. Mais dans le plus grand nombre des localités le complot des fermiers avorta, grâce à l'imprudence et à la maladresse des conjurés. Le plus vif désir de ceux-ci était de parvenir à la députation; et ils se flattaient de réussir en entraînant au cheflieu du district électoral la majorité des votants de leur commune; mais cette majorité se transformait en une imperceptible minorité, dès qu'elle se trouvait en face du collége électoral tout entier.

Le pivot de l'ambition de nos paysans enrichis étant précisément la députation, on comprend que l'échec subi par eux dans les colléges électoraux leur ait coupé les ailes. Mais elles ne tarderont pas à repousser, gardons-nous d'en douter; l'agriculteur ambitieux, impatient de mettre ses propres intérêts sous la sauve-garde de la représentation nationale, trouvera moyen de se faire connaître·de la majorité des électeurs et de se faire agréer d'elle. Si un cer-tain nombre de ces fermiers parvient au parle-ment, les intérêts généraux de l'agriculture, qui n'ont rien de commun avec les intérêts privés de cette catégorie ·d'agriculteurs, seront pré-sentés sous de fausses couleurs au public et à l'assemblée; les représentants supposés de ces intérêts obtiendront une funeste influence sur leurs collègues, parce qu'ils seront considérés par eux comme étant les mieux placés pour les bien connaître et ayant les motifs les plus évi-dents de leur chercher des protecteurs; car personne ne croira que l'agriculteur prétende s'enrichir en ruinant l'agriculture, et le pays qui ne tire ses ressources que d'elle. Le succès de pareille entreprise serait impossible en effet, si l'ignorance et la malignité du paysan enrichi étaient moins grande, et si l'insouciance des propriétaires fonciers ne les égalait pas.

Telle étant aujourd'hui la situation de l'agri-culture, il est urgent que les propriétaires fon-ciers prennent au plus tôt connaissance de l'état de leurs propriétés et de l'agriculture en général, des traitements souvent inhumains que subissent leurs paysans, des progrès accomplis par les nations nos voisines dans les sciences naturelles, et des effets qu'ils ont produits relativement à l'agriculture, des lois et des principes d'économie publique et de finances auxquels toute nation qui veut être prospère et ne pas se sentir inférieure aux autres nations, doit se conformer. En un mot, le propriétaire doit occuper la place que le paysan enrichi s'efforce d'usurper, dans l'intérêt de sa fortune privée et aux dépens de l'agriculture et du pays. Pourquoi permet-on qu'un intrus se glisse entre le maître et ses paysans, entre le peuple et la classe des citoyens éclairés et honnêtes, je dirais presque entre le père et l'enfant? Pourquoi permet-on à l'intrus de semer l'ivraie entre le maître et ceux qui dépendent de lui, de les présenter les uns aux autres sous des couleurs mensongères, propres à engendrer la haine parmi ceux dont les intérêts sont identiques et qui devraient par conséquent n'avoir qu'une pensée, qu'un but, qu'une crainte et qu'un espoir. Ajoutons encore que l'intrus travaillant à la ruine du riche pour s'assurer sur le pauvre un pouvoir absolu, n'est devenu tel qu'il est en effet, que parce que lui-même est victime de l'ignorance la plus profonde et des passions

perverses que l'ignorance ne manque presque
jamais de produire, et parce qu'il croit (à tort
sans doute) qu'il pourra s'élever sur les dé-
combres de la société. Faisons tous et chacun
notre devoir. Rappelons-nous que dans un pays
libre, gouverné par ses propres représentants,
tout individu, à quelque classe qu'il appartienne,
quelle que soit la valeur morale ou intellectuelle
qu'il s'attribue, fût-il le premier comme le dernier des citoyens, est un serviteur du public, et
qu'il n'y a ni faute ni infortune nationale dont
il ne soit jusqu'à un certain point responsable
et solidaire. L'oppression sous laquelle nous
avons traîné si longtemps l'existence nous a
enseigné à considérer le repos, ou, disons
mieux, l'inaction comme le digne objet de nos
aspirations légitimes. C'est là une fatale erreur, en vérité, et notre constitution physique,
commune à tous les peuples méridionaux, tend
à la perpétuer et à la consolider. Personne n'a
le droit d'aspirer au repos tandis que le pays
est au plus fort de son travail de formation, et
qu'il a besoin d'aide et de secours. Les paresseux ont pour coutume d'excuser leur paresse
en affirmant que le pays ne périra jamais faute
de bras levés pour le servir et de candidats aux
emplois publics. Cette assertion est complète-
ment fausse. Aucun citoyen n'est dispensé de
consacrer au service du pays une partie de ses

facultés, à moins qu'il ne soit entièrement
dénué de toute faculté; mais celui qui est capable de faire quelque bien ne saurait refuser
à son pays l'emploi d'une partie de ses talents,
de son activité et de ses forces. Ni la nation ni
le gouvernement ne sont des êtres de raison
séparés et distincts de l'individu; et le citoyen
fait partie de l'une et de l'autre. Les gouvernements despotiques ont une existence indépendante de celle de la nation gouvernée, et par
conséquent aussi de celle des citoyens qui la
composent. Non seulement l'existence du gouvernement est étrangère à celle de la nation et
des citoyens, mais il existe entre tous un sentiment caché d'antagonisme qui se trahit et se ma-
nifeste à de longs intervalles par des crises violentes; tandis que durant les époques de calme et
de tranquillité on pourrait croire que les seuls
rapports existant entre le gouvernement et la
nation sont et doivent être ceux du maître et
du serviteur. Mais dans un pays libre qui se
gouverne par lui-même ou par ses représentants, il n'y a pas un acte du gouvernement, pas
un mouvement de la nation auxquels un citoyen
puise demeurer étranger ou indifférent. Chacun porte sa part de responsabilité de toute résolution prise par le gouvernement; de même
que chacun partage et ressent le contre-coup
de tout malheur ou de tout succès national.

Voilà ce qu'un grand nombre d'Italiens
·ignorent encore, ou feignent d'ignorer, pour
ne pas être forcés par leur propre conscience
de renoncer aux douceurs de l'oisiveté et de
s'inscrire sur les rôles des travailleurs.

Il n'est que trop vrai que plusieurs parmi les
jeunes rejetons de nos plus illustres familles,
dressés à toutes les délicatesses élégantes de la
vie civilisée, se vantent de leur inaction et de
leur indifférence pour la chose publique, qu'ils se
déclarent spectateurs passifs de la réorganisa-
tion nationale, et croient prouver la supériorité
de leur esprit en blâmant et en tournant en ridicule tout ce qui se fait dans le pays et par le
pays. Ne comprennent-ils donc pas qu'en tournant l'Italie et ceux qui la représentent en dérision, c'est d'eux-mêmes qu'ils se moquent? Et
comment exigeront-ils que l'étranger les respecte s'ils lui apprennent à mépriser l'Italie?
S'ils sont d'avis que les représentants du pays
ne le représentent pas comme ils le devraient,
pourquoi ne le déclarent-ils pas ouvertement,
et à haute voix? pourquoi n'exposent-ils pas en
même temps leur manière de voir sur la conduite
que ces représentants auraient dû tenir? pourquoi ne se présentent-ils pas à la députation qui
leur ouvrirait l'accès au pouvoir, et ne s'efforcent-
ils pas de se montrer plus sages et plus bienfaisants que leurs prédécesseurs? Se croiser les

bras, se draper dans la dignité de sa propre inertie, et verser tantôt le blâme, tantôt le soupçon, ou le ridicule, sur ceux qui ont consacré leur vie et leurs facultés aux pays et au devoir; c'est là à mon avis une conduite si odieuse et si mesquine que la générosité naturelle à la jeunesse devrait suffire à en préserver la génération croissante.

Mais cette disposition à blâmer et à tourner en dérision toute chose, ou toute personne qui se présente à nous sous un aspect grave et sérieux, est une des plaies de notre pauvre Italie. L'homme éclairé et instruit ne sait pas contenir sa verve satirique, et il se figure qu'en lui laissant un libre essor, il met en relief le côté brillant de son esprit fin et pénétrant. L'homme du peuple qui voit les membres composant les classes plus élevées traiter toute chose légèrement et avec mépris, apprend à son tour à ne faire aucun cas des choses dédaignées. Lorsque le nouveau code italien fut publié, il n'en est pas un article, pas un paragraphe, qui échappât à la verve moqueuse, je ne dirai pas des jurisconsultes, mais de tous ceux qui savent ou qui ne savent pas ce que c'est qu'un code. Les journaux disséquaient et déchiraient chaque page du nouveau recueil, et leur critique n'était pas la critique grave et raisonnée qui convenait au sujet. C'était la critique exagérée et difforme de

Pasquin et de Marforio, et elle était répétée par les lecteurs de ces journaux non pas parce qu'elle leur semblait juste et courageuse, mais parce qu'elle provoquait le rire et la gaîté. Qu'en est-il résulté? Qu'une grande partie de nos populations n'a pour la loi de son pays ni ce respect ni cette aveugle obéissance sans lesquelles l'ordre public et la moralité ne sauraient exister. On me dira peut-être que si le peuple ne respecte pas la loi, c'est que la loi n'est pas respectable, et parce que ceux qui sont chargés de l'exécuter la rendent moins respectable encore qu'elle ne le serait par elle-même. Ce sont là des assertions sans aucune valeur. Le peuple n'est pas capable d'apprécier justement le mérite de la loi, et il ne devrait pas se permettre de l'essayer. Quant aux exécuteurs de la loi et à l'accusation portée contre eux, ils pourraient facilement la rétorquer en disant que s'ils ne l'imposent pas avec assez de fermeté et d'autorité, c'est parce qu'ils la voient accueillie avec dédain par ceux qui devraient s'y soumettre implicitement. Et d'ailleurs si ceux chargés de faire exécuter la loi ont mérité le reproche de faiblesse, personne ne savait d'avance qu'ils le mériteraient, lorsque notre code fut publié, et le mépris de la loi n'attendit pas pour se manifester que la faiblesse de ses agents en fournît le prétexte. Si le peuple méprise la loi c'est qu'il

la voit tournée en dérision par les classes éclairées et instruites; et si le bon sens public ne
met pas un terme à ce malheureux état de
choses, le jour viendra que le mépris de la loi
produira chez le peuple des crimes et des désordres nombreux, dont la responsabilité pèsera
sur la conscience de ces moqueurs étourdis et
frivoles qui ne savent pas mettre un frein à
leur langue envenimée.

La même chose est arrivée au sujet des nouveaux impôts. Chacun comprenait depuis longtemps que le poids des impôts portant exclusivement sur la propriété foncière, celle-ci subissait
une énorme injustice qui rendait impossibles les
progrès de l'agriculture. Un impôt sur la richesse mobilière, c'est à dire sur les capitaux
et sur les professions lucratives, était désiré et
réclamé, par tous ceux qui possèdent les premières notions d'économie publique, comme un
soulagement nécessaire pour la propriété foncière, c'est à dire pour l'agriculture. Et cependant, à peine la loi nouvelle de l'impôt sur
la richesse mobilière fut-elle connue, qu'un
chœur universel et lamentable s'éleva de toute
part, comme si la loi nouvelle avait pour but et
devait avoir pour effet la ruine de toute industrie, et comme si elle arrivait à l'improviste au
milieu de populations qui ne l'avaient jamais
supposées possible. Je n'ai pas l'intention d'ap-

prouver la loi dans toutes ses parties, et je ne
prétends pas non plus défendre le règlement
destiné à en diriger l'application et qui, par le
fait, ajoutait de nouvelles contradictions à celles
qu'on remarquait déjà dans la loi. Je reconnais,
pour ne citer qu'un exemple, que le *minimum* du
revenu, imposé par la nouvelle loi, était fixé à
un taux beaucoup trop bas (quatre cents francs),
car l'ouvrier qui ne gagne annuellement que
cette petite somme ne peut, surtout s'il a une famille à sa charge, en soustraire la moindre fraction en faveur du percepteur sans en ressentir
un malaise extrême. On pourrait répondre à vrai
dire que les pauvres n'ont jamais été jusqu'ici
exonérés *à priori* du paiement des impôts ; que
chaque père de famille, quelque pauvre qu'il fût,
s'il n'était pas compris dans la catégorie des men-
diants, payait jadis ce qu'on appelle le *testatico*,
c'est à dire la taxe personnelle, et que celle-ci
équivalait à peu près au triple de la taxe imposée aujourd'hui sur le *minimum* du revenu ou
du salaire, laquelle ne dépasse pas la somme de
deux francs par an. Qui donc prend la peine de
faire de semblables calculs? Personne, assurément. L'impôt sur la richesse mobilière était
nouvellement établi, et personne n'aime à dépenser son argent, autrement que pour son
propre usage. L'impôt déplut donc à tous ceux
qui durent le payer ; et parce qu'il était dé-

sagréable, on refusa d'en reconnaître la justice, la convenance et la nécessité ; et le gouvernement fut blâmé comme tyrannique et vexatoire. L'impôt avait pourtant été voté par les représentants de la nation ; mais personne n'y songeait, et le gouvernement en porta seul la responsabilité. Celui qui eût jugé la position d'après les propos tenus dans les sociétés, dans les lieux de réunion, tels que *clubs*, *cafés*, etc., eût pu croire que le gouvernement avait établi arbitrairement ce nouvel impôt, et qu'il l'avait établi à son profit exclusivement, et non dans le but de placer le pays en état de conserver son indépendance et d'éviter la banqueroute.

La nation italienne subit à cette heure une épreuve difficile, dont le résultat doit être la consolidation de sa liberté. Cette liberté, elle la possède aujourd'hui, et elle la possède à tel point qu'elle ne saurait l'accroître sans tomber dans le désordre et la licence. Mais la conquête de cette liberté lui a coûté cher, et elle est occupée maintenant à en payer le prix. Rien de plus naturel ; rien de plus inévitable. Dans le cours de sept années, il nous a fallu rejoindre sur les voies de la science et de la civilisation, les nations nos voisines, qui y marchaient depuis des siècles, tandis que nous demeurions dans les ténèbres de l'ignorance et de la servitude, où le despotisme étranger nous tenait

17.

enfermés. Si les Italiens réfléchissaient froidement à leur position, ils comprendraient sans peine que les conquêtes et les acquisitions opérées ne pouvaient l'être qu'au prix des plus grands sacrifices; et, ayant résolu d'achever et de garder leurs conquêtes, ils en paieraient leur prix sans se plaindre et sans accuser qui que ce soit de leurs souffrances. Mais les Italiens, à ce qu'il semble, ne savent pas réfléchir froidement, et ils soulagent leur esprit attristé en imputant leurs malheurs à autrui. Ils agissent en ceci comme les enfants lorsqu'ils se sont heurtés à quelque objet, et qu'ils le frappent avec colère, soit pour le punir de leur accident soit pour livrer passage à leur courroux. On dirait vraiment à nous entendre aujourd'hui que personne de nous n'avait prévu que nous devions acheter la liberté, objet de tous nos vœux, autrement que par quelques jours de combats et d'enthousiasme. La conquête de la liberté et de l'indépendance exigent de nombreux et d'immenses sacrifices; et celui qui ne sait pas s'y soumettre avec calme et sérénité, est indigne de posséder ces deux biens suprêmes. Et c'est précisément la révolte perpétuelle contre la nécessité de tels sacrifices qui les rend plus pénibles et moins féconds en résultats.

L'impôt sur la richesse mobilière était non seulement un acte de justice et de convenance, c'était un acte nécessaire, puisque l'accroissement du revenu national était le seul moyen d'éviter au pays une banqueroute déhonorante. Les commissions chargées de répartir l'impôt étaient tenues de rassembler la somme fixée d'après un calcul préventif. Mais cette répartition ne pouvait être opérée si ce n'est moyennant les déclarations des détenteurs de capitaux, de papiers publics, des chefs des établissements industriels, des commerçants et des personnes exerçants des professions lucratives, telles que le barreau, la médecine, etc. Si tous ces propriétaires eussent agi honnêtement; s'ils eussent déclaré sincèrement le profit qu'ils tiraient, soit de leur industrie, soit de leurs capitaux, l'impôt aurait pesé sur ceux qui étaient en état d'y subvenir, et qui en auraient à peine senti le poids. Mais, je rougis en faisant cet aveu! ceux qui n'eurent pas recours au mensonge furent peu nombreux. Plusieurs parmi les capitalistes et les industriels qui jouissent d'un immense revenu, n'en déclarèrent que le tiers ou le quart, se vantant ensuite de leur dissimulation. Qu'en est-il résulté? Que la somme fixée devant être fournie, et que ceux qui devaient la payer s'étant malhonnêtement soustraits à ce devoir, les pauvres se trouvèrent beaucoup plus grevés qu'ils n'auraient dû l'être. De là des plaintes, des gémissements, un mécontentement toujours crois-

sant, et des injures contre le gouvernement
qu'on accusait d'arracher au pauvre sa dernière
bouchée de pain. Si quelqu'un essayait de faire
comprendre aux pauvres que le gouvernement
ne pouvait intervenir dans la répartition de
l'impôt, que la source de leurs souffrances était
dans les mensonges des riches et non pas dans
la cruauté du gouvernement, on ne l'écoutait
pas, ou peut-être aussi le soupçonnait-on de
s'être entendu secrètement avec le gouvernement pour les tromper et obtenir une partie de
leurs dépouilles.

Ce qui arriva dans les campagnes livrées à
l'influence des paysans enrichis est plus triste
encore. Les petits fermiers parvinrent aisément
à se faire nommer membre de la commission
de distribution de la taxe, moyennant les conseils communaux qui leur sont soumis, puis,
lorsqu'ils se virent les maîtres de répartir la
taxe à leur fantaisie, ils traitèrent leurs amis, et
ils se traitèrent eux-mêmes avec une indulgence
véritablement scandaleuse, et portée à tel point
qu'un certain nombre de pauvres journaliers qui
ne parviendraient pas à nourrir leurs familles,
si la charité du propriétaire ne venait à leur
secours, se trouvèrent imposés pour une somme
supérieure à celle que payaient plusieurs membres de la commission. Pareille iniquité devait
être imputée à ses auteurs qui n'étaient pas dif-

ficiles à connaître. Mais ceux-ci assurèrent le pauvre paysan que la faute en était au gouvernement dont eux-mêmes n'étaient que les instruments, et le paysan qui sait qu'il peut impunément maudire et déchirer à belles dents le gouvernement, tandis qu'il n'ose pas se montrer hostile à la classe des fermiers, crut, ou feignit de croire les assurances mensongères des commissaires, et il se borna à prononcer contre le gouvernement des invectives et des menaces, satisfait d'obtenir ainsi les sympathies et les bonnes grâces du clergé. Le gouvernement respecte la liberté des citoyens, et je serais tentée de dire qu'il la respecte avec trop de rigueur, car il n'intervient jamais dans les affaires privées des citoyens que la Constitution a réservées aux citoyens mêmes, et qui seraient en effet du ressort de ceux-ci, s'ils étaient honnêtes, sensés et éclairés. Mais l'Italie ne possède qu'un petit nombre de semblables citoyens. Celui qui entre pour une part quelconque dans le gouvernement de la nation commet parfois des fautes, ou même de mauvaises actions, ou bien encore il tombe dans les piéges que lui tendent des intrigants ambitieux et cupides, et lorsqu'il a accompli sa propre ruine et celle des intérêts qui lui avaient été confiés, il accuse le gouvernement de la ruine générale, évitant ainsi de se blâmer et de se corriger lui-même.

Des inconvénients semblables suivirent l'émission des billets de banque à cours forcé. De telles mesures, quoique souvent nécessaires, entraînent toujours après elles, un certain degré de gêne et de nombreux revers. Le devoir du citoyen en pareil cas, c'est d'accepter sa propre part du malheur commun, et de diminuer par là, la gravité de ce malheur même, en évitant de faire peser sur autrui plus qu'autrui ne devrait porter. Si tous comprenaient ce devoir et y obéissaient, le dommage produit par l'émission du papier monnaie ne serait insupportable pour personne. Ce qui constitue la richesse des capitalistes et des propriétaires en général, ce n'est pas la valeur intrinsèque de l'argent qu'ils possèdent, c'est la valeur de convention qui lui est attribuée, et qui peut être transportée et appliquée à d'autres objets sans causer directement une grande perturbation dans la condition financière des individus. Ce qui rend de telles mesures extrêmement dangereuse, c'est le discrédit qu'elles jettent sur le pays qui les adopte, car chacun sait qu'aucun gouvernement n'y a recours, si ce n'est à défaut d'autres ressources. La perte du crédit rend difficile toute opération financière du gouvernement avec les banques et les banquiers à l'étranger et peut ralentir et même enrayer complétement le commerce et l'industrie nationale. Mais quant aux effets immédiats du papier monnaie sur le bien-être de chaque citoyen, ils seraient à peine sensibles si chacun s'y résignait honnêtement. Mais les choses ne se passent pas ainsi.

Un grand nombre de citoyens refusent d'accepter leur part des dommages et de la gêne de tous. Il y a plus. Il y a des citoyens qui prétendent faire leur profit du malheur commun, et qui spéculent sur celui-ci. Combien n'avons-nous pas vu de ces spéculateurs déloyaux, acheter immédiatement tout l'argent frappé lors de la publication de la loi, et refuser ensuite de l'échanger contre des billets de banque, sinon pour une somme de beaucoup supérieure à celle qu'ils offraient, attribuant ainsi au papier monnaie une valeur infiniment au dessous de celle que la loi lui donnait! Ce fut alors que commencèrent les embarras, les dommages véritables, la confusion des valeurs diverses et de leurs subrogés. Le cours forcé du papier fut impuissant à lui conserver sa valeur, car presque tous les marchands refusèrent de rendre, soit en papier soit en monnaie le surplus de la valeur des objets qui leur étaient payés moyennant le papier monnaie. Je m'explique. Celui qui voulait acheter un objet coté cinquante francs, en présentant un billet de cent francs et en demandant cinquante francs de retour, aussi en papier, rencontrait dans le marchand une invincible résistance et se trouvait placé dans l'alternative ou d'acheter cent francs un objet coté cinquante, ou d'accepter un supplément de marchandise qui portât à cent francs la valeur de ses acquisitions, ou de se constituer débiteur du marchand pour cinquante francs, ou enfin de renoncer à son emplette.

On attribua d'abord ces inconvénients à l'inadvertance du gouvernement qui n'avait fourni que des billets de cent francs et au dessus, au lieu d'en émettre de cinquante francs, de vingt, de dix, de cinq, et même d'un franc ; et le gouvernement résolut aussitôt d'adhérer aux vœux du public en émettant les billets d'une valeur au dessous de cent francs. Mais à peine eurent-ils paru, qu'ils disparurent de nouveau. Les spéculateurs infidèles qui s'étaient enrichis par l'échange de l'argent monnayé contre le papier, recommencèrent leur illicite marché sur l'échange des gros billets contre les petits. Et le public qui ne se rend pas compte des véritables causes de ses revers, blâmait le gouvernement qui, après avoir annoncé l'émission des petits billets, les émettait en si petit nombre qu'il était à peu près impossible de se les procurer. Le gouvernement aurait pu recourir à une troisième émission de billets, mais à quoi bon ? Les spéculateurs qui s'étaient emparés des premiers, auraient fait de même des seconds, et le public n'en eût tiré aucun avantage.

L'emprunt forcé fut la mesure financière qui suivit l'impôt sur la richesse mobilière et l'émission du papier monnaie. La somme demandée par le gouvernement se trouva fort au dessous de ce qu'on attendait généralement, et les conditions faites aux fournisseurs de l'emprunt étaient si larges et si généreuses que les capitalistes eussent trouvé difficilement un meilleur placement de leurs capitaux. Mais au lieu de se contenter des avantages légitimes qui leur étaient assurés, quelques-uns d'entre eux, feignant une louable sollicitude pour l'intérêt public, prirent à leur compte la dette de certaines localités, fournissant les capitaux indispensables au paiement de celle-ci, et usurpant ainsi cette part du projet que la loi destinait à tous. Lorsque les personnes placées dans une position élevée et réputées riches donnent l'exemple de la cupidité et d'une morale reprochée, cet exemple est ardemment suivi par les classes inférieures.

Il est à la fois pénible et humiliant de voir les employés publics, ceux des chemins de fer et autres refuser les billets de banque qui leur sont présentés, et répondre en ricanant à ceux qui leur adressent de justes reproches, que tels sont les ordres du gouvernement; qu'il faut

s'adresser au gouvernement pour obtenir justice, réparation, dédommagements, etc., etc. Les
victimes de la déloyauté des citoyens maudis-
sent le gouvernement qui n'est pour rien dans
leurs griefs, si ce n'est peut-être en respectant
trop scrupuleusement la liberté individuelle et
en s'abstenant d'intervenir dans les conventions
privées lorsqu'il n'en est pas requis par l'une
des parties. Je le répète, notre gouvernement
respecte la liberté individuelle comme doit la
respecter tout gouvernement constitutionnel établi dans un pays libre, dont les populations
apprécient les bienfaits de la liberté, et s'en
conservent dignes, en suivant les lois d'une
sévère moralité. Malheureusement, notre pays
ne répond pas au respect que le gouvernement
lui témoigne. Le gouvernement traite le pays
comme s'il était digne et capable d'user d'une
liberté presque sans limite; mais le pays n'est
encore ni digne ni capable d'exercer sans tutelle
les priviléges d'une pareille liberté. Dans certaines classes de citoyens, l'amour du gain
l'emporte sur tout autre sentiment, et la liberté
leur sert à l'obtenir n'importe par quel moyen.
Dans d'autres classes, l'amour du repos et de
l'inaction s'est emparée des citoyens, et il les
réduit à l'ignoble condition de spectateurs passifs des vicissitudes nationales. Toutes les institutions destinées à sauvegarder la liberté du

pays tombent en désuétude, et sont négligées-
grâce à la paresse de ceux qui devraient les sou,
tenir et les défendre.

Voyez la garde nationale, qui arme le pays
contre toute tentative d'usurpation soit de la
part du gouvernement, soit de celle des factions,
qui place l'ordre et la sûreté publique sous la
garde des citoyens ; qui enseigne à ceux-ci le
maniement des armes, de façon à ce qu'ils
puissent, lorsque l'occasion s'en présente, faire
de bons soldats ; les partisans de l'oisiveté en
font le sujet de leurs sarcasmes, pour s'excuser
d'en remplir les devoirs ; et les rangs de la
milice citoyenne vont s'éclaircissant de jour en
jour. Voyez l'institution du jury. Les listes
des citoyens destinés à prononcer sur la culpa-
bilité des accusés, sont composées en grande
partie d'ignorants ou d'insouciants paresseux,
qui considèrent ce privilége et ce droit du citoyen comme un attentat contre leur repos et
contre cet autre privilége, beaucoup plus précieux à leurs yeux, de passer leur. vie les bras
croisés et l'esprit engourdi. Voyez enfin le
plus important, le plus fécond de tous les droits
du citoyen, celui qui autorise les populations
à envoyer leurs députés au parlement, c'est à
dire à exercer, par l'intermédiaire de leurs représentants, l'autorité souveraine. Cette institution
n'a pas échappé plus que les autres à la déri-

sion et à l'abandon des paresseux. Une petite fraction des électeurs inscrits se présente aujourd'hui aux colléges électoraux, et l'on peut dire maintenant que la députation ne représente trop souvent que les manœuvres de quelques ambitieux, et la coupable indifférence du plus grand nombre. Les partisans exclusifs du repos s'efforcent de justifier leur conduite, en traitant avec le dernier mépris cette principale colonne des libertés nationales. Écoutez comme ils s'expriment au sujet de la représentation nationale : Les députés, disent-ils, sont des bavards qui ne prennent soin que de leurs intérêts privés. Et si on leur répond qu'en admettant comme vrai ce qu'ils affirment de l'indignité des députés actuels, cela ne ferait qu'ajouter au devoir qui les appelle aux colléges électoraux pour choisir de meilleurs représentants, ils haussent les épaules, assurant que tous les candidats à la députation sont de la même trempe, qu'en s'occupant des élections on ne fait que perdre son temps, etc., etc.

On dirait, à les entendre, que dans le cours des sept dernières années, ils ont pénétré dans les profondeurs les plus intimes du gouvernement constitutionnel et qu'ils en ont découvert la suprême vanité. Ces institutions, que l'Angleterre conserve et défend depuis tant de siècles avec une si constante et si jalouse ardeur; ces

institutions que la France a conquises moyennant de si grands sacrifices et tant de sang versé ;
qu'elle n'a pas su maintenir, et qu'elle regrette
aujourd'hui avec tant d'amertume ; ces institutions que l'Europe tout entière s'efforce d'obtenir,
et qui suffisent à satisfaire les aspirations libérales des peuples civilisés qui sont parvenus à
les obtenir ; ces institutions qui ont créé l'Amérique, et l'ont rendue dans le court espace de
trois cents ans l'objet de l'étonnement et de
l'admiration universelle, ces nobles, ces bienfai-
santes institutions, nous, nés d'hier, nous les
avons jugées dans le cours de sept années, et
nous les avons condamnées comme puériles,
vaines, indignes de notre respect. Que mes
compatriotes me pardonnent si je leur déclare
qu'un pareil jugement est indigne d'une nation
qui se respecte et qui veut être libre et indépendante.

La guerre de 1866 a mis en pleine lumière
cette importante vérité : que la science, l'intelligence et l'habitude du travail intellectuel sont
plus utiles et plus précieux même sur les
champs de bataille que la force et le courage. A
quelle cause a-t-on généralement attribué les
admirables triomphes de la Prusse ? A la science
de ses généraux et à ce fait : qu'aucun citoyen
n'est reçu dans l'armée s'il n'a passé au moins
cinq ans sur les bancs des écoles publiques.

Cette supériorité de l'intelligence et du savoir sur la force matérielle, a été reconnue de tous et n'a pas rencontré d'incrédules, tandis que l'on reconnut aussi que nos succès douteux pendant la guerre devaient être imputés à notre ignorance. Cette leçon nous profitera-t-elle? L'avenir me répondra; mais quant à ce qui concerne le passé, c'est ici le lieu de faire observer que pendant les six dernières années, notre ignorance loin de décroître s'est étendue de plus en plus. Les étudiants abandonnent les universités, et les professeurs, fatigués de professer dans des salles à peu près désertes, quittent leurs chaires. Le dernier obstacle élevé contre l'outrecuidance et l'insubordination de l'ignorance, la rigueur des examens publics, est renversé par les étudiants qui de temps en temps ont recours à la révolte, qui refusent de se soumettre aux examens, et qui demandent impérieusement au gouvernement de renoncer à un système qui les oblige à ouvrir quelques livres. Et le gouvernement, jaloux d'éviter le scandale, le désordre, et de s'épargner à lui-même l'accusation de pédantisme tyranique, cède trop souvent à ces déplorables exigences. Le gouvernement devrait résister, punir les révoltés, et faire respecter la règle établie; mais il est vrai que l'intolérance des paresseux est portée à tel point que la résistance et la fermeté du gouvernement donnerait probablement lieu tout d'abord à une multitude de calomnies, et peut-être même à des scènes de violence. Le gouvernement se conduit en ceci, ainsi que dans bien d'autres circonstances, comme il devrait se conduire envers une nation civilisée et digne de la liberté. Il laisse la nation se gouverner elle-même, selon ses lumières et ses moyens. Mais est-il bien sûr que nous soyons en état de nous gouverner nous-mêmes? Si le gouvernement voulait résoudre cette question, il ne tarderait pas à reconnaître notre insuffisance; mais il ne croit pas avoir le droit de dépasser les bornes que le statut a mises à son action. Il demeure invariablement fidèle au serment qu'il a prêté, et personne ne saurait l'en blâmer. Notre malheur à nous, c'est d'avoir un statut trop largement libéral, et qui ne devait gouverner, lorsqu'il fut rédigé, qu'une seule des provinces italiennes, la plus civilisée et plus éclairée de toutes, sinon la plus cultivée et la plus savante. La liberté, dont celle-ci n'aurait vraisemblablement pas abusé, devient excessive, lorsqu'elle est accordée à la nation tout entière.

Nous ne prétendons pas affirmer que les membres composant notre gouvernement n'aient jamais commis d'erreurs. Nous en avons remarqué plusieurs, et nous les avons déplorées sincèrement. Ce que je voudrais faire comprendre à

mes compatriotes, c'est ceci : que les erreurs
du pouvoir n'ont pas été commises par un être
de raison séparé et distinct de la nation gouvernée. Le gouvernement italien n'étant en sa
qualité de gouvernement représentatif qu'une
émanation et une représentation de la nation
italienne elle-même, ces défauts que l'on remarque dans le gouvernement sont nos propres
défauts, ses erreurs sont les nôtres auxquelles
il participe comme il a sa part de nos vertus, et
de nos bonnes qualités.

La plus remarquable parmi ces dernières,
celle qui nous expose pourtant et qui expose le
gouvernement à un plus grand nombre d'inconvénients et de dangers, c'est précisément ce
respect absolu et sans bornes pour les libertés
nationales et pour la constitution qui nous les
assure. Il y a encore des esprits prévenus qui
parlent de la république comme de la seule
forme de gouvernement qui ne mette pas ces
libertés en danger; mais je défie tout homme
doué de quelque bon sens de soutenir, s'il n'est
complétement aveugle, ou de mauvaise foi, ou
séduit par le retentissement de certains mots
sonores et vides de sens, je le défie, dis-je, de
ne pas reconnaître que nos libertés sont plutôt
excessives qu'imparfaites. Nous en avons la
preuve dans l'abus que nous en faisons sans
cesse, et dans la fermeté et la constance avec

lesquelles le gouvernement s'abstient de profiter de nos excès pour détruire nos libertés. Dira-t-on que les citoyens des cantons helvétiques (la seule république existant en Europe) soient plus libres que nous ne le sommes; ou bien encore, que l'on jouissait d'une liberté plus grande en France, lorsque la république y était établie, et que les citoyens expiaient sur l'échafaud l'horrible crime d'appeler leurs enfants comme eux-mêmes l'avaient été par leurs parents, ou de prier Dieu comme leurs mères leur avaient enseigné à le faire?

La presse n'est elle pas plutôt licencieuse que libre? Le droit de réunion et d'assemblement n'a-t-il pas été respecté jusqu'à ce qu'il devînt synonyme de désordre? Et aujourd'hui encore, après tant d'exemples décourageants, ce droit n'est-il pas maintenu, excepté en quelques circonstances spéciales, et en certains cas tout à fait exceptionels? Les élections au parlement ne sont-elles pas si complétement respectées, que la Chambre même, quoique formée par elles, s'est vue forcée d'en casser plusieurs? Je ne parlerai pas ici de la singularité de certaines opinions qui sont représentées par de semblables élections dans notre parlement; je rappelerai seulement qu'il y a eu telle élection cassée par la Chambre, parce qu'elle lui avait envoyé un député ayant subi plusieurs condamnations infamantes, non pas pour délits politiques mais pour crimes ordinaires. Le gouvernement italien n'était pas intervenu pour l'empêcher, et s'en était rapporté à la revision parlementaire. Je suis convaincue qu'en agissant ainsi, le gouvernement a suivi religieusement la ligne de conduite que la constitution et la loi électorale lui traçaient, mais je le répéterai encore, il y a des époques et des pays dans lesquels la stricte légalité peut produire de graves inconvénients.

Plusieurs parmi les hommes d'État qui nous gouvernent, et la royale famille autour de laquelle se presse et se forme l'Italie, gouvernaient jusqu'à l'année 1859 un petit pays, et une population forte et sage. Notre roi et ses ministres se sont trouvés ensuite transportés comme par enchantement à la tête d'une population de plus de vingt millions d'âmes disséminées le long de la péninsule italienne, avec la mission de former un État compacte de tant d'États divers, et souvent ennemis les uns des autres; d'en composer une nation; de corriger, ou pour mieux dire, de détruire les funestes effets de tant de siècles d'esclavage et de gouvernements corrupteurs; de doter les provinces réunies des bienfaits de la civilisation dont les gouvernements précédents, absolus et tyranniques, les avaient tenues sciemment et délibérement éloignées; de se dé-

fendre des ennemis qui occupaient encore une
partie de notre territoire, et de se mettre promptement en état de les en expulser. Cette tâche
immense exigeait des sommes d'argent énormes, .
et dans les hommes qui devaient l'accomplir
une activité extraordinaire, une perspicacité
remarquable, une prudence qui ne s'endormît
jamais, un empire absolu sur leurs propres
passions, un courage moral et physique à toute
épreuve, de la sagacité, de l'adresse, la concep-
tion prompte et sûre, l'exécution ferme et pré-
cise, du désintéressement, de la probité, de la
loyauté, de la sincérité, c'est à dire une invincible aversion pour le mensonge. Telles sont
(et je pourrais en encore ajouter plusieurs
autres) les qualités naturelles et acquises qui
doivent distinguer les dépositaires du pouvoir
constitutionnel. De tels hommes sont peu nombreux en tout pays, ils sont très rares parmi
nous qui venons de naître à la vie sociale
et politique. Nous en possédions un qui eût été
le plus grand parmi les grands hommes d'État
des nations les plus avancées dans la civilisation, telles que la France et l'Angleterre elles-
mêmes. On eût dit que la Providence nous avait
fait don de ce grand homme pour nous arracher
à l'esclavage séculaire qui nous déshonorait et
qui menaçait de se perpétuer pour notre plus
grand malheur. Mais si la Providence nous

l'avait donné, nous devons reconnaître aussi
qu'elle nous l'a repris, et elle nous l'a repris
avant qu'il éprouvât dans toute son amertume
l'ingratitude d'une nation qui lui devait l'existence, c'est à dire l'indépendance et la liberté.
Peut-être que la Providence a voulu nous faire
connaître combien il est difficile de naviguer
dans les mers orageuses de la politique, de la
diplomatie, et des factions. Parmi tous les ministres qui se sont succédé et qui ont succédé
au comte de Cavour, je ne pense pas qu'on
puisse en condamner un seul comme positivement incapable, ni comme déloyal et traître.
Et en effet, aucun des députés de l'opposition
que certains colléges électoraux ont envoyés au
parlement avec la mission expresse de renverser
au moins un cabinet, aucun de ceux-là mêmes
qui reçoivent leur mot d'ordre de Joseph Mazzini n'ont jamais essayé d'intenter contre un
ministre une accusation formelle. Si nos ministres ont commis des fautes, qui donc n'en
aurait commis à leur place? Les fautes et les
erreurs des hommes qui gouvernent les États
doivent être rangées parmi les maux inhérents
à la nature des hommes et des choses, maux
qu'il n'appartient à aucune prudence ou pré-
voyance humaine de guérir radicalement et à
tout jamais. Le gouvernement italien avait pour
mission de faire une Italie en la dotant de la

liberté et de l'indépendance. L'Italie est faite, elle est indépendante et libre, c'est donc au Capitole et non à la roche Tarpéienne que nous devons ls conduire!

CHAPITRE IV

DE L'ESPRIT DE PARTI

Par ces mots « esprit de parti » j'entends un sentiment qui unit entre-eux les partisans d'une doctrine ou d'un individu, sentiment qui s'exalte jusqu'à la passion, et à tel point qu'il aveugle celui qui en est possédé, et qu'il lui fait préférer la doctrine ou l'individu objet de cette idolâtrie à toute autre chose ou personne, et qu'il croit ne pouvoir mal faire lorsqu'il s'efforce de les soutenir et de les faire triompher.

Une faction composée d'hommes de cette trempe est toujours dangereuse pour le pays qui la renferme. Les citoyens qui en font partie ne prennent plus aucun souci ni de la patrie ni de ses besoins; la liberté, l'indépendance, la nationalité, n'ont plus aucune valeur à leurs

yeux, ou pour parler plus correctement ils con-
fondent tout cela avec l'objet de leur passion, et
ils prétendent qu'en assurant le triomphe de
leur parti, ils remplissent leurs devoirs envers
la patrie, et ils lui procurent tous les biens de
ce monde, c'est à dire la liberté, l'indépendance,
la nationalité, la prospérité, la gloire, etc., etc.

Un homme animé de l'esprit de parti est
sourd à tout raisonnement; et c'est pour cela
que non seulement les hommes à opinions modérées, et les amis de l'ordre dans l'administra-
tion des affaires publiques, évitent tout ce qui
revêt l'aspect de l'esprit de parti, mais que les
factieux eux-mêmes, les moins exaltés, sinon
tous, se montrent souvent jaloux de ne pas être
confondus avec ceux qui acceptent le titre de
factieux, et répètent qu'ils n'appartiennent à
aucun parti, qu'ils sont indépendants de toute
loi particulière, qu'ils parlent parce qu'ils sont
convaincus de la vérité de ce qu'ils disent, et
non pas parce que leurs amis s'expriment de
même, etc., etc; et ils se défendent ainsi pour
obtenir l'attention de ceux qui les écoutent ou qui
les lisent, car ils n'ignorent pas que les opinions
dictées par l'esprit de parti ne sont respectées
par personne. Cela seul devrait suffire pour
empêcher tout homme intelligent et de bonne
foi de s'enrôler dans les rangs d'une faction.

Mais c'est précisément parce que l'esprit de

parti traîne à sa suite un nombre infini de scandales, de désordres, et de malheurs, qu'on est
facilement porté à imputer à un fantôme de faction ou d'esprit de parti, le mécontentement
sans cause, les prétentions absurdes, les opinions
extrêmes, l'impatience et l'aversion pour toute
discipline salutaire ; l'absence de tout respect
envers la loi, et tous les inconvénients civils et
politiques qui embarrassent l'action du gouvernement, et qui rendent la liberté dangereuse et
précaire, tandis que l'esprit de parti ainsi
accusé, n'existe pas en réalité. C'est ce qui
arrive souvent en Italie, et ce dont nous voyons
chaque jour des exemples.

Les mécontents sont nombreux chez nous.
Des ambitieux trompés dans leur espoir, des citoyens sans générosité, peu dévoués au pays et
contraints de payer les impôts toujours croissants,
mais sans lesquels l'Italie ne saurait exister ;
des oisifs troublés dans la paisible jouissance
de leur repos ; des cœurs timides qui rougissent
pour la première fois de leur défaut de courage ;
des esprits impatients qui voudraient semer et
récolter dans le même jour ; des fous qui ne
comprennent pas qu'il soit nécessaire de semer
pour récolter ; des fanatiques qui rêvaient la
création spontanée d'un nouveau paradis terrestre ; ceux-ci, et beaucoup d'autres encore
que je passe sous silence pour éviter la pro-

lixité, se déclarent mécontents de la façon dont
nous sommes gouvernés, parce que c'est toujours au gouvernement que sont imputées les
fautes des gouvernés. Ces mécontents qu'aucune
forme de gouvernement ne saurait satisfaire,
s'efforcent de donner à leur mécontentement
une apparence de désintéressement qui l'enno-
blisse et qui l'élève au dessus de la puérilité de
leurs plaintes.

Ils tâchent aussi de s'appuyer à d'autres mécontents qui savent se faire une arme offensive
de leur mécontentement, en le rattachant à certaines doctrines politiques, et en attribuant les
malheurs dont ils se plaignent au peu de sympathie que la majorité des Italiens a témoigné
pour ces mêmes doctrines. C'est ainsi que le
petit nombre de républicains qui continuent à se
montrer hostiles à notre gouvernement et à
l'Italie, parce qu'ils préfèrent la république à
l'Italie, sont souvent suivis, écoutés, applaudis,
invoqués et portés aux nues par une multitude
de mécontents, qui se pressent autour d'eux dans
l'espoir d'entendre de leurs bouches des paroles
d'encouragement, et pour tout dire, parce qu'ils
comptent recevoir des compliments au sujet de
leur mécontentement, et s'entendre dire qu'ils
ont mille fois raison de maudire le gouvernement et les hommes qui le composent. C'est
ainsi que la foule accourt aux *meetings* tenus

par quelques républicains fameux qui se trouvent de passage dans l'une ou l'autre de nos grandes villes. C'est ainsi qu'ont lieu les élections, lorsque les partisans des agitations politiques collent aux murs de nos maisons d'énormes écriteaux sur lesquels est inscrit le nom de n'importe quel agitateur bien connu, suivi de la recommandation suivante : Si vous voulez mettre un terme aux abus, aux illégalités, aux malversations etc. etc., dont vous êtes les victimes, choisissez pour vous représenter au parlement le citoyen tel ou tel. C'est aussi de cette manière que les journaux qui se sont donné la mission de blâmer et de condamner toutes les mesures adoptées par le gouvernement, trouvent des lecteurs et des abonnés.

Mais celui qui conclurait de ces faits que la foule assemblée pour entendre les discours de tel ou de tel républicain célèbre, que les électeurs qui les choisissent pour les représenter au parlement, et que les lecteurs qui dévorent chaque matin ses diatribes quotidiennes contre le gouvernement, approuvent et partagent ses opinions politiques, celui-là se tromperait grossièrement, et montrerait ne pas connaître le caractère et le naturel de ceux qu'il prétend juger. Je suppose qu'en tout pays les mécontents s'associent volontiers à d'autres mécontents, sans trop se soucier d'approfondir si les

causes du mécontentement commun sont les
mêmes ; mais dans mon pays cette tendance doit
être plus développée qu'ailleurs, parce que les
passions y sont plus ardentes, plus impétueuses
et plus rebelles à la raison que dans les climats
plus froids et que chez les peuples mieux ordon-
nés. Si les partisans de ce qui n'existe pas, c'est à
dire les adversaires de tout ce qui existe, ne se
joignaient aux partisans des doctrines républicaines, on verrait à quelle imperceptible minorité le parti républicain est réduit chez nous.
Et les quelques véritables républicains qui sont
encore debout comme des monuments de l'époque des longs exils et des persécutions politiques, connaîtraient leur propre faiblesse, si un
de ces accidents impossibles à prévoir les portait soudainement au pouvoir ; car ils verraient
alors combien ils étaient dans l'erreur lorsqu'ils
croyaient que les mécontents et les adversaires
d'un gouvernement monarchique doivent nécessairement devenir les partisans dévoués d'un
gouvernement républicain. Les républicains que
je suppose en ce moment, et le plus gratuitement du monde, parvenus au pouvoir, ne pourraient assurément prodiguer les honneurs et les
distinctions aux oisifs, ni se contenter des lar-
gitions spontanées de ceux qui condamnent le
système régulier des impôts, ni évaluer le mérite de chaque citoyen en le pesant dans la ba-

lance même de son ambition et de ses prétentions individuelles, ils se verraient bientôt abandonnés et condamnés par tous ceux qui les entouraient un jour, non pas parce qu'ils en partageaient les opinions et les préférences, mais parce qu'ils les savaient mécontents de ce qui leur déplaisait.

L'esprit de parti en ce concerne les opinions républicaines n'existe pas, à mon avis, en Italie.

Tout pays qui a été subitement bouleversé par des révolutions politiques, et dont le gouvernement a été violemment renversé pour faire place à un autre gouvernement fondé sur des principes absolument opposés à ceux du premier, conserve certains souvenirs, certaines habitudes et certaines tendances à considérer chaque chose au point de vue sous lequel il les aurait examinées par le passé; il a une certaine disposition à oublier les fautes du gouvernement qu'il a renversé et à le comparer à son avantage avec le gouvernement qui lui a succédé et dont les torts semblent plus graves parce qu'ils sont présents, tandis que ceux du gouvernement déchu, n'existent plus que dans les souvenirs des hommes qui en ont subi les conséquences. Toutes ces tendances, ces habitudes et ces dispositions produisent d'ordinaire un parti politique qui se propose pour objet le retour du passé. Ce parti

prend le nom de rétrograde ou de réactionnaire,
parce que ses membres réagissent en effet contre le désir peut-être exagéré de changement
qui produit les révolutions. Ce retour aux idées
et aux sentiments du passé a été presque toujours la cause des excès que les novateurs ou
révolutionnaires ont trop souvent commis;
parce que la pensée de retomber dans l'abîme
d'où ils sont parvenus récemment à se tirer
moyennant de si grands sacrifices et de si pénibles efforts, leur apparaît comme le plus terrible malheur et la plus honteuse catastrophe
qui puisse les frapper; de telle sorte que les
rétrogrades sont considérés par les novateurs
comme leurs propres ennemis en même temps
que comme les ennemis de la patrie; et les haines les plus violentes et les plus implacables
s'allument fréquemment entre ces deux partis.

La faction politiquement rétrograde n'existe
pas chez nous et c'est pour cela que les excès
de nos novateurs ne sont pas à craindre. Il
arrive parfois que des hommes mûrs, et parfaitement au courant des détails des administra-
tions passées et actuelles, examinent la marche
régulière de celles-là et la déclarent supérieure à celles-ci, et si cette comparaison est
établie par quelqu'un qui a fait partie de l'ad-
ministration passée et qui est demeuré étranger à l'actuelle, il est possible que l'infériorité

de cette dernière ne soit pas constatée par lui sans une secrète satisfaction. Mais il n'existe pas un Italien, pas même parmi ceux qui ont perdu par les événements de 1859 et de 1860 autorité et richesse, qui regrette la domination détruite ou qui ose en désirer le rétablissement, fût-ce même dans les plus secrètes profondeurs de son âme. On dit que parmi les princes et les ducs qui composaient la cour des Bourbons à Naples, il en est plus d'un qui pleure sur la chute de cette maison royale et qui nourrit un implacable ressentiment contre tout ce qui l'a causée. J'ignore le fait, quoique je sois portée à l'admettre comme vrai; mais ce dont je suis convaincue, c'est que parmi ces advèrsaires de l'ordre de choses actuel, il n'en est aucun qui se rende bien compte de la portée de ses regrets et de son opposition; et si notre sort, le sort de l'Italie, était remis entre leurs mains, je doute fort qu'ils eussent le triste courage de détruire ce qui a été fait en 1859 et 1860. On dit bien des choses qu'on passerait sous silence, si les paroles avaient l'importance des faits. Les pleurs versés sur une ancienne et royale famille déchue de sa haute position, et tombée en quelque sorte dans la misère et l'obscurité, ont quelque chose de pathétique et d'inoffensif, propre à séduire ceux qui n'ont jamais regardé au delà de la couche extérieure

des choses et qui n'ont jamais refléchi à l'égalité des droits accordés par Dieu à toutes ses
créatures, et par conséquent à la somme
énorme de bienfaits qui serait nécessaire pour
servir de justification au pouvoir absolu. Mais
tous ceux qui parlent sans réfléchir n'agissent
pas toujours avec la même légèreté ni avec la
même étourderie. D'ailleurs, ces cœurs dévoués
aux anciens maîtres ne sont et ne seront jamais
assez nombreux pour former, je ne dis pas une
faction politique, mais pas même le noyau ou
le germe d'une faction. Le passé n'a laissé en
nous que d'amers souvenirs et de douloureuses cicatrices, et si l'on parvenait à faire
comprendre à tous ceux qui blâment avec le
plus d'acharnement la conduite du gouvernement italien, qu'en se plaignant ainsi ils rendent
possible le retour du passé, je crois fermement
qu'ils s'enfermeraient aussitôt dans le silence,
pour ne plus le rompre aussi longtemps que le
leur permettrait leur naturel trop enclin au
blâme et à la critique.

Le seul parti qui pourrait réellement prétendre au titre de faction politique, celui dont
les membres sont véritablement animés et gui-
dés par l'esprit de parti, c'est celui qu'on désigne sous le nom de parti clérical. Celui-ci
sait ce qu'il veut et pourquoi il le veut; il reconnaît des chefs et il se laisse guider par eux.

Chaque faction politique se compose de deux catégories de factieux. L'une comprend les hommes de bonne foi qui poursuivent un but parce qu'ils le croient le plus juste et le plus utile au pays. L'autre contient les ambitieux, avides de gain, qui attendent du triomphe de leur parti leur propre avantage. Il est inutile de parler de ces derniers, qui sont toujours les mêmes en tout pays et dans n'importe quelles circonstances. Je m'étendrai sur les premiers parce qu'ils se distinguent des cléricaux politiques des autres pays.

La faction cléricale est naturellement et en tout pays la plus formidable de toutes, non seulement parce qu'elle en est la plus compacte, la mieux disciplinée, la plus docile aux ordres de ses chefs, qui sont de leur côté les plus prudents, les plus adroits et les plus éclairés des chefs de factions; mais aussi parce que les membres de cette faction croient qu'en lui demeurant fidèles et en se dévouant à son succès, ils remplissent un devoir sacré, et qu'ils recevront plus tard une récompense qui dépasse tout espoir et toute prospérité terrestre. La supériorité de cette faction provient aussi de sa tendance à s'associer les autres mécontents qui pleurent n'importe quel bien perdu, et en général tous ceux qui pour telle ou telle autre raison sont inscrits parmi les rétrogrades.

Ce nom de rétrogrades est généralement
donné aux cléricaux qui voudraient reconduire
la société moderne à l'époque où le clergé se
distinguait par la supériorité de ses lumières
et de ses connaissances, et lorsque la société
lui attribuait une autorité et des vertus spéciales, comme un privilége qui lui appartenait
exclusivement. Cette disposition de la faction
cléricale à s'emparer de tous les rétrogrades et à
les inscrire sur ses rôles, ne se retrouve pas chez
les cléricaux italiens du dix-neuvième siècle.
En premier lieu, le surcroît de force que les
rétrogrades apporteraient à la faction cléricale
en se joignant à elle, serait pour ainsi dire
imperceptible, tandis que le discrédit que leur
alliance lui attirerait pourrait l'affaiblir et lui
faire beaucoup de mal, en éloignant d'elle ceux
de ses partisans qui veulent véritablement conserver les biens acquis en 1859 et 1860, c'est à
dire la liberté, l'indépendance, l'unité et la
nationalité, en leur assignant pour limites les
prérogatives et les immunités ecclésiastiques et
cléricales ; en un mot, ceux qui adhèrent au
principe de Cavour : *une Église libre dans un
État libre*, tout en donnant à ces mots un sens
très différent de celui que leur appliquait Cavour lui-même, c'est à dire en confondant la
liberté de l'Église avec l'autorité et les priviléges de ses ministres. Cavour voulait dire que

le chef de l'État ne devait pas se considérer comme étant aussi le chef de l'Église, et ne pas suivre l'exemple de Henri VIII d'Angleterre, des czars de Russie, ni de quelques autres souverains dont les sujets professent la religion chrétienne réformée; mais que l'Église devait être indépendante dans ses rapports avec les consciences des fidèles, en ce qui ne tombait pas dans le domaine de la loi civile; tandis que les cléricaux qui acceptent la maxime de Cavour, prétendent que l'Église, c'est à dire le clergé, possède le droit de modifier l'ordre politique et civil, de s'opposer à la loi lorsqu'il le juge opportun, et de conserver, en sa qualité de clergé, ces immunités et ces priviléges dont il jouissait par le passé, et auxquels aucun laïque n'a jamais prétendu. Chacun voit l'immense abîme qui sépare ceux des cléricaux qui souscrivent, même en la faussant, à la maxime de Cavour, et les rétrogrades absolus, qui voudraient ramener le passé avec toutes ses iniquités et ses hontes; et nos cléricaux sentent si fortement l'avantage qu'ils tirent envers l'opinion publique de cette dissemblance avec les rétrogrades, qu'ils la font valoir chaque fois que l'occasion s'en présente. Je crois donc que quand même les rétrogrades seraient en effet beaucoup plus nombreux qu'ils ne le sont, nos cléricaux en repousseraient l'alliance de peur d'être confondus avec eux.

La révolution, ou pour parler plus correctement la résurrection, de la nation italienne, a créé un inévitable antagonisme entre le clergé et la société laïque qui la composent. La cause la plus évidente de cet antagonisme, c'est la question romaine, c'est à dire la prétention élevée par nous, et fondée à notre avis, de considérer Rome à l'égal de n'importe quelle autre ville italienne, et de laisser le choix aux Romains ou de demeurer soumis au Pontife, ou de se joindre au reste de l'Italie, dont leur cité deviendrait nécessairement et naturellement la capitale. La cour de Rome protestait aussitôt contre cette prétention, en déclarant que le pouvoir temporel lui avait été conféré aux mêmes titres et par le même Ordonnateur suprême de toutes les choses créées, dans le même but et de la même manière que l'autorité spirituelle comme chef de l'Église ; et cela pour tout le temps que durera cette planète et cette famille d'êtres organisés.

L'Italie s'indignait à son tour de cette déclaration et soutenait avec plus de vivacité les droits des Romains à disposer d'eux-mêmes comme tous les peuples civilisés auxquels la société moderne reconnaît ce droit. Telle est l'origine de l'antagonisme existant encore entre le clergé et les laïques d'Italie, antagonisme qui pouvait à sa naissance nous entraîner à des actes de violence, si la France n'était intervenue et n'avait placé le Pontife sous la protection de son propre drapeau.

Lorsque plus tard elle lui retira cette protection, elle la remplaça par une convention qui nous défendait toute voie de fait en faveur des droits du peuple romain. Mais ces droits subsistent quoiqu'ils ne soient pas ouvertement reconnus et avoués par la majorité des nations catholiques, qui trouvent apparemment leur compte à ce que le chef de l'Église catholique occupe une position élevée et en apparence indépendante, afin de ne pas être importunées par ses demandes de secours et d'appui, chaque fois que ses circonstances lui en feraient sentir le besoin. La convenance de placer ainsi le pontife à l'abri des vicissitudes politiques et révolutionnaires peut être discutée et soutenue par des arguments qui ne manquent pas de valeur, et elle peut être opposée aux droits de la population romaine et aux intérêts de l'Italie tout entière, sans exciter entre les défenseurs des deux principes opposés ni des scènes de violence ni des sentiments hostiles. Mais ce qui indigne les Italiens, c'est de voir les cléricaux confondre sciemment la convenance politique de l'un et de l'autre parti avec les devoirs du chrétien, et leur persistance à faire intervenir la sainteté de la religion, et de tout ce qui nous attache à elle, dans une question mondaine et politique, quoiqu'elle concerne le bien-être du clergé et les prérogatives auxquelles il ne veut pas renoncer. Voilà précisément ce qui excite l'indignation des Italiens, et si la question romaine n'est pas dégénérée en question dogmatique, en un schisme, ou en une hérésie, il faut en rendre grâce au sentiment religieux qui est si fortement enraciné dans le cœur des Italiens qu'ils demeurent aussi inébranlables dans la défense de leurs droits civils et politiques que dans l'intégrité de leur foi religieuse. La religion catholique est encore professée et respectée par les Italiens ; mais le clergé est regardé par eux avec défiance et soupçon. Il en résulte que la faction cléricale, tout en comprenant dans ses rangs presque tout le clergé, ne compte pas beaucoup de partisans dans la partie laïque de la nation, et qu'elle a peu de chance d'en augmenter le nombre. Aussi longtemps que le clergé soutient seul ses propres intérêts, la faction cléricale ne peut être sérieusement considérée comme faction politique, ou du moins elle ne saurait avoir beaucoup d'importance en cette qualité. Le haut clergé qui conduit et qui dirige le bas clergé, ne manque ni de prudence ni d'adresse dans la conduite des affaires de ce monde ; il juge sa position avec discernement,

20.

et il se rend parfaitement compte des suites que pourraient avoir pour lui les démarches hardies que quelques-uns lui conseillent. Il comprend aussi qu'il ne peut tenter aucun mouvement dans la voie de la résistance ouverte, avant de s'être assuré le concours d'une fraction quelconque de la société laïque ; et ce concours il tâche de l'obtenir en opérant sur les consciences les plus timides, comme par exemple sur celles des femmes et des enfants dont l'éducation lui est encore confiée. Mais ces efforts, quoique soutenus avec un zèle infatigable, n'inspirent pourtant pas à ceux qui s'y dévouent un grand espoir de succès. Les chefs de la faction cléricale, et plusieurs de ceux qui marchent sous leurs ordres, savent que l'opinion publique, quoique vacillante et incertaine sur plusieurs des questions qui se rattachent à la vie nouvelle, récemment ouverte aux Italiens, ne se tourne jamais de leur côté avec faveur ni confiance. Ceux qui défendent leurs propres priviléges, en les déclarant accordés par Dieu même à leur caste pour tous les siècles des siècles à venir, ne peuvent inspirer de confiance à nos populations qui s'efforcent précisément de s'affranchir des liens qu'elles ont si longtemps portés, lesquels avaient pour prétexte de leur existence le droit divin. Les prétentions du pontife à une théocratie sans bornes et sans terme, résonnent à l'oreille des Italiens comme la dernière et la plus extrême expression de ces prétentions analogues soutenues jusqu'à ce jour par tous les souverains absolus, dont la chute a été notre salut.

La faction cléricale a donc peu de chances de succès, et ses chefs, sages et rusés qui sentent trembler le sol sur lequel ils marchent, se conduisent avec une prudence parfaite. Nous devons attendre d'eux une guerre cachée, masquée et sans trêve; mais nous n'avons rien à craindre d'eux qui approche de la violence et qui puisse leur être, à juste titre, exclusivement imputé. En un mot, l'heure de la résurrection italienne a été l'heure de la déchéance du clergé comme corps politique et civil; et il ne se résignera à être ainsi déchu, que lorsque la résignation lui aura été inspirée par la nécessité. Jusque-là, nous devons le considérer comme un irréconciliable ennemi; mais comme un ennemi prudent, animé contre nous, non pas d'un sentiment d'inimitié, mais travaillant à nous perdre, dans la mesure exacte que réclament ses intérêts, comme composant un corps privilégié dans la société et dans la nation.

Avant de clore ce bref examen des partis politiques desquels l'Italie doit se garder, nous avons à dire quelques mots de l'un d'eux, né d'hier, et comme à l'improviste, sur un terrain où nous avions toujours cru que nulle faction ne pouvait prendre racine, et qui dans le court espace de son existence a déjà été fort nuisible à l'Italie, en créant de nouveaux obstacles à l'action de son gouvernement, et en réveillant chez les nations étrangères une certaine défiance du caractère italien dont elles avaient salué la transformation avec faveur et avec sympathie.

Je veux parler de la faction désignée par le nom de *la Permanente*. Elle se composait d'abord d'un grand nombre de citoyens turinois, courroucés jusqu'au délire par l'annonce imprévue d'une convention passée entre les gouvernements français et italiens, d'après laquelle le siége de notre gouvernement était transféré de Turin à Florence. Les cœurs aigris, les esprits aveuglés et égarés par la colère, n'écoutèrent que les conseils de la passion et en vinrent jusqu'à soupçonner, que dis-je? à affirmer comme un fait avéré et certain, que le Piémont avait été cédé à la France et que le départ de Victor-Emmanuel de Turin n'était que le prologue de l'entrée que l'empereur Napoléon y ferait incessamment. Rendons au Piémont le tribut d'éloge qui lui est dû, car il entendit sans s'émouvoir les effrayants pronostics qu'on faisait sur son avenir, et loin de suivre le triste exemple de sa capitale, il demeura spectateur froid,

mais affligé des scènes à la fois lugubres et puériles qui en ensanglantèrent les rues. Ces faits se
passaient en septembre de l'an 1865.

Ce fut un véritable accès de fièvre et il fut
court pour la masse de la population turinoise,
qui répara dignement sa folie d'un jour, en faisant ensuite ce qu'elle eût dû faire dès le premier
moment, et qu'elle eût fait probablement si les
directeurs du mouvement ne l'eussent entraînée
sur une autre voie ; c'est à dire qu'elle examina
les conséquences que pouvait avoir pour elle le
transport de la capitale, et qu'elle étudia les
voies nouvelles ouvertes à sa considérable énergie, pour les contre-balancer. Les discussions
orageuses, qui eurent lieu à cette époque même
dans le parlement, et dont les malveillants
espéraient tirer parti pour causer de nouveaux
troubles, n'excitèrent pas la moindre agitation
dans le peuple qui prouva, par son attitude pleine
de dignité, que le repentir avait été plutôt con-
temporain que postérieur à l'offense, et que
l'Italie pouvait compter encore sur sa sagesse et
sur son devoûment. Tant de modération ne tarda
pas à recevoir sa récompense, car toute personne de bonne foi, sait que la ville de Turin n'a
pas subi toutes les catastrophes et tous les revers que lui présageait le transport du siége de
son gouvernement, qu'elle n'est pas tombée tout
à coup de la condition de capitale d'un État de

premier ordre à celle de villes de province comme le sont les villes de province en France, et que l'énergique et intelligente activité de sa population lui a créé plusieurs sources de prospérité, plusieurs centres d'industrie qui, en appelant dans ses murs les étrangers et leurs capitaux, la dédommagent amplement de la cessation du mouvement et de la perte des richesses plutôt apparentes que réelles qui accompagnent les cours. La *Permanente* ne se compose donc plus que de quelques nobles Turinois, partisans pour la plupart du passé, qui avaient dissimulé d'abord leurs sentiments, de crainte d'être montrés au doigt comme rétrogrades, et qui se flattent maintenant d'avoir trouvé un prétexte pour les colorer et leur donner un libre cours sans que personne ne soupçonne leur véritable nature. Comme tous les partis politiques, la *Permanente* compte dans ses rangs quelques hommes aveuglés, égarés, mais de bonne foi, qui sont parvenus à attribuer leur ressentiment du transport de la capitale, à des motifs patriotiques et désintéressés, c'est à dire au retard que la translation du siége du gouvernement à Florence, doit apporter à sa translation définitive à Rome ; à l'abandon du Piémont, qui se trouve livré aux vues ambitieuses de la France, etc.

Mais de tels prétextes ne sauraient faire longuement illusion à ceux qui les adoptent pour justifier leurs propres erreurs; et même en admettant qu'il y ait dans ces griefs quelque chose de vrai, nous ne saurions en tirer qu'une seule conclusion : c'est à dire que s'il est vrai que notre gouvernement se soit exposé par cette mesure à quelques embarras et à quelques dangers, le rôle de ses véritables amis, qui sont les amis du pays, doit être de se serrer plus étroitement que jamais autour de lui, et de lui prêter le plus ferme appui, et non pas de créer de nouveaux obstacles à son action, pour lui faire sentir qu'en les offensant il a perdu une grande partie de ses forces. Les vieux amis de la liberté italienne ne devraient pas s'abaisser jusqu'à rechercher une aussi puérile satisfaction aux dépens du gouvernement, c'est à dire du pays.

La faction des Permanents née du dépit d'un certain nombre de citoyens turinois, est condamnée par son origine même et par sa nature à ne jamais s'étendre en dehors du cercle étroit où elle a pris naissance. Si l'opposition parlementaire du Piémont a pris parfois des proportions considérables, cela tient à des circonstances spéciales et fortuites et ne signifie aucunement que le nombre des Permanents ait augmenté. Ce nombre ira au contraire en décroissant de jour en jour à mesure que les Permanents se fatigueront de l'isolément dans lequel ils se trouvent et de l'oubli dans lequel ils tomberont. Un prompt et franc retour à de meilleurs sentiments, l'abandon explicite de leurs exigences et de l'attitude menaçante qu'ils ont adoptée envers le gouvernement, peuvent seuls racheter les torts de ceux qui persistent à se poser comme les chefs des Permanents.

D'après ce rapide examen de l'état des factions politiques en Italie, je pense que l'on peut conclure que l'esprit de parti n'y a pas atteint un degré de développement tel que les vrais amis de l'Italie puissent s'en alarmer à juste titre. Le fait est que les Italiens se laissent facilement entraîner par la vivacité de leur caractère et de leurs passions, ainsi que par leur tendance naturelle à blâmer et à critiquer tout ce qui se passe sous leurs yeux, jusqu'à proférer des propos souvent violents et amers, d'après lesquels on pourrait leur attribuer des sentiments hostiles envers le gouvernement et l'ordre de choses existant actuellement, tandis que ces sentiments leur sont en effet étrangers, ou s'ils existent ils s'éteignent avec le son des mots qui les ont exprimés. Ce qui distingue les Italiens des autres peuples du midi, c'est qu'ils joignent à la vivacité de l'imagination et des passions, communes à tous, une forte dose de ce qu'on appelle le sens pratique; si celui-ci ne paraît pas toujours dans leur discours, il se réveille et reprend son empire chaque fois que des paroles on veut passer aux actions. Malgré les plaintes et les déclamations qui s'élèvent de tout côté, il n'existe pas un Italien qui ne sache que les maux dont l'Italie souffre aujourd'hui ne sauraient être imputés à son gouvernement, et n'ont aucun rapport avec telle plutôt qu'avec telle autre forme de constitution. Un pays gouverné par ses propres représentants, ne peut imputer ses souffrances qu'à lui-même et aux circonstances qui lui sont défavorables. Tout Italien sait et comprend que si le pays ne possède pas un grand nombre d'hommes d'État capables de le gouverner et de l'administrer sagement, ce nombre ne deviendrait pas plus considérable parce que la république aurait succédé à la monarchie et qu'un président occuperait le siége aujourd'hui réservé à notre roi; tout Italien sait et comprend que la composition du parlement dans lequel personne ne parvient à créer une majorité durable, provient de l'ignorance et de l'indifférence des électeurs, et n'est pas le fait du gouvernement. Les Italiens savent en outre que la vertu dont l'Europe les a longtemps regardés comme dépourvus, qu'elle leur a reconnu depuis 1859 seulement, et qui leur a valu enfin le respect et les sympathies de toutes les puissances étrangères, c'est la constance et la modération dans la constance; d'où il s'ensuit que lors même qu'il serait évident pour nous tous (ce qui est loin d'être le cas) que les plébiscites de 1859 et 1860 ont eu pour origine une notion erronée de ce qui convenait et de ce qui convient à l'Italie, les Italiens perdraient, en le confessant aujourd'hui et en se montrant disposés à un nouveau changement d'État, tout ce qu'ils ont gagné depuis 59 dans l'opinion publique. Ces considérations, qui seraient peut-être impuissantes pour combattre l'esprit de parti tel que nous l'avons vu en d'autres pays et en d'autres temps, ont suffi jusqu'ici, et je me flatte qu'elles suffiront de même à l'avenir à détourner les Italiens de commettre aucun acte capable d'ébranler sur ses bases notre gouvernement, le gouvernement proclamé et acclamé par nous tous, il y a sept ans; ou seulement même de faire supposer à nos voisins que nous regrettons notre choix.

Le gouvernement représentatif ou parlementaire laisse à toutes les opinions les plus diverses, un champ vaste et libre. Les doctrines les plus variées et contradictoires peuvent être mises en avant, et triompher de toute opposition, pourvu que leurs défenseurs parviennent à les faire agréer par la majorité de la nation, sans que l'édifice suprême du gouvernement s'écroule, ou menace de s'écrouler. L'un des principaux avantages de la monarchie constitutionnelle est précisément ce fait, qu'elle n'est pas le résultat du triomphe d'une faction, et n'est pas nécessairement attachée à un ensemble de doctrines politiques, mais elle les domine toutes, et elle évite de donner aux puissances étrangères le scandale redouté de nouveaux bouleversements. Si les opinions de ceux qui disent composer chez nous le parti d'action n'ont pas été mises à l'épreuve par le gouvernement, cela ne signifie aucunement qu'elles soient incompatibles avec la forme monarchique de celui-ci, mais que personne parmi les représentants de ces opinions ne s'est senti assez fort, assez certain d'obtenir une majorité, soit dans le parlement, soit dans le pays, pour se résoudre à accepter le portefeuille qui a été offert plus d'une fois à plusieurs d'entre eux.

Les Italiens ou du moins le plus grand nombre d'entre eux savent toutes ces vérités; et si tout en les sachant ils tiennent des propos que l'ignorance de ces vérités mêmes semblerait pouvoir seule expliquer et excuser, le soin qu'ils mettent à éviter d'agir conformément à leurs propos nous prouve assez que la vérité exerce sur eux son bienfaisant empire.

Remarquons en finissant que la seule faction qui mérite véritablement ce nom, et qui pourrait éveiller dans ses défenseurs le dangereux *esprit de parti*, est constituée de telle sorte que son plus vif désir est de demeurer cachée, de se faire oublier par le pays, et de ne pas accroître le nombre de ses partisans de peur d'être compromise par eux. La faction cléricale attend son triomphe du temps, d'intrigues savantes, diplomatiques et secrètes, et non pas de luttes matérielles et violentes. Nous croyons au contraire, que le temps employé par elle en intrigues et en manœuvres sera son plus formidable ennemi. Mais quoi qu'il en soit, quelle que soit l'issue que l'avenir réserve à nos discussions sur ce point, il est certain que cette faction ne nous menace aujourd'hui d'aucun danger imminent, absorbée qu'elle est par le soin de sa propre conservation. Rappelons-nous à quel degré d'aveuglement et de passion les populations de la France, de l'Angleterre, de l'Amérique et de toutes les nations qui traversèrent les régions orageuses d'un bouleversement politique, se laissèrent entraîner, et nous rendrons grâce à Dieu de ce que l'esprit de parti n'a pas attiré sur notre pays de plus grands malheurs (1).

(1) Lorsque j'écrivais ces lignes, les événements semblaient prendre à tache de combattre mes opinions sur l'état de l'esprit de parti en Italie. Un petit nombre de jeunes gens, séduits par les discours de quelques irréconciliables ennemis de l'ordre de choses actuellement en vigueur chez nous, et conduits par un homme, qui exerce une fascination singulière sur les jeunes imaginations, encouragés par le fait que la présidence du conseil de

nos ministres était tombée entre les mains d'un ambitieux qui
sait persuader à tous les partis qu'il leur est exclusivement dévoué, d'un homme dont la présence dans le conseil a toujours été
suivie de fâcheux incidents, d'un danger, ou d'un malheur; ce
petit nombre de jeunes fanatiques déployaient l'étendard de la
révolte et se précipitaient sur le territoire du pontife romain.

Je reconnais donc et j'avoue que les partisans du général Garibaldi forment une faction politique qui a sa raison d'être non
pas dans un corps de doctrines politiques, mais dans la personne
d'un homme dont ils se sont faits une idole, tout en lui refu-
sant le jugement, la prudence, la perspicacité, et toutes les
qualités qui forment l'homme d'Etat, pour se borner à louer son
courage, sa loyauté et son patriotisme, vertus qui peuvent lui
valoir à bon droit l'érection d'une statue sur la place publique,
mais qui ne lui confèrent aucun titre à la situation et à l'autorité de dictateur. Le général Garibaldi et ses partisans prétendaient s'emparer de Rome, en chasser le pape, y proclamer la
dictature républicaine, et combattre la France. L'entreprise
était tellement désespérée, et le succès en semblait si invraisem-
blable que les Romains eux-mêmes s'abstinrent d'y prendre
part. Les périls que l'entêtement déraisonnable d'une poignée
d'hommes préparait au pays étaient immenses, et la situation de
notre gouvernement était des plus critiques et des plus embar-
rassantes; lié par les traités et conseillé par la prudence la plus
vulgaire à ne prendre aucune part dans les tentatives violentes
exercées contre le gouvernement du pape, et ne pouvant ni l'at-
taquer ni le défendre, parce que l'opinion publique s'y serait
opposée, et parce que les traités lui interdisaient d'intervenir à
main armée dans les Etats du pape, soit en sa faveur, soit
contre lui. D'autre part si nos troupes avaient occupé le territoire pontifical, et surtout si elles étaient entrées dans la cité
éternelle, la guerre civile serait devenue inévitable de même
que la guerre contre la France; car celle-ci eût considéré notre
entrée à main armée dans Rome comme une impudente infrac-

21.

tion aux traités naguère conclus, comme un acte de violence contre la personne du pape, en un mot comme une conquête; tandis que notre gouvernement ne pouvant consentir ni à la dictature du général Garibaldi, ni à toutes les illégalités et à tous les abus que cette dictature eût produit, les deux armées se trouvant en présence et les volontés de leurs chefs respectifs étant opposées l'une à l'autre, je ne vois pas comment il eût été possible d'éviter la guerre civile, et peut-être même la dislocation du royaume d'Italie.

L'obstination et l'imprudence extrême du général Garibaldi nous menaçaient donc des plus terribles catastrophes, et la sagesse qui nous en préserva ne fut certainement pas vulgaire et insignifiante. Nous remarquerons pourtant que cette fois encore la grande majorité des Italiens et la presque totalité des Romains donnèrent de nouvelles preuves du bon sens exquis qui prédomine dans nos populations. Personne à l'exception des agitateurs incorrigibles qui ont vu le jour et reçu l'éducation pendant les longues émigrations politiques, et les quelques jeunes gens dont l'imagination s'allume à la moindre provocation de manière à en offusquer complétement le jugement; et à l'exception, peut-être aussi, d'un certain nombre de malheureux qui ne se croient en sûreté qu'au milieu du désordre et de l'illégalité; personne, ai-je dit, n'approuvait la tentative du général Garibaldi et n'en désirait le succès, quoiqu'elle eût pour objet la réunion de Rome au resté de l'Italie; réunion qui est aujourd'hui le but principal vers lequel tendent tous les cœurs italiens.

Cette fois pourtant la crise cessa sans avoir causé la ruine, dont elle nous avait menacés. Nous devons en rendre grâce à la modération de l'empereur des Français et au désir unanime de conserver la paix qui prédomine en France aussi bien qu'en Italie. Le gouvernement italien pouvait-il agir en qualité d'auxiliaire d'une poignée de volontaires indisciplinés, s'inspirant des meetings de Genève, de Milan et d'autres villes italiennes, de quelques légions de volontaires, portant inscrits sur leurs drapeaux des principes et des maximes révolutionnaires, qui se déclaraient soumis à Mazzini et à ses lientenants, établissant dans les bourgades et dans les villages qu'ils occupaient des gouvernements provisoires qui avaient un air de république bien plus que de monarchie constitutionnelle, agissant comme ils eussent pu agir avant 1859, c'est à dire comme si le royaume d'Italie n'existait pas, ou comme s'ils en ignoraient l'existence ? Le gouvernement accepté avec enthousiasme par l'Italie tout entière pouvait-il prendre place sur le champ de bataille en qualité d'auxiliaire des bandes garibaldiennes ? Evidemment il ne le pouvait pas. Cette impossibilité paraît encore plus incontestable si l'on réfléchit que les populations des Etats romains et celle de Rome en particulier ne témoignèrent aucune sympathie pour le mouvement opéré sous le prétexte de les délivrer, et que le succès des Garibaldiens ne pouvait avoir lieu sans que des mains italiennes répandissent du sang italien. Si donc le gouvernement italien, le gouvernement de Victor-Emmanuel s'était laissé entraîner à s'unir aux bandes de Garibaldi, il aurait manqué à ses engagements, c'est à dire aux traités, et il aurait fait marcher ses troupes contre des troupes italiennes ; le tout pour assurer le triomphe passager d'une faction qui voulait le renverser, et qui était trop faible d'ailleurs pour avoir la moindre chance de succès, sinon avec l'aide de l'Italie monarchique. Pouvait-il d'autre part combattre Garibaldi et ses bandes, sans entreprendre une guerre d'Italiens contre Italiens, et cela pour soutenir des droits qui lui sont contraires et contre lesquels il s'est si souvent prononcé ? Ce parti était presque aussi impossible que l'autre. Telle était donc la situation de l'Italie. L'intervention française, tout en étant environnée de périls, était pourtant la seule mesure qui pût épargner la guerre civile à l'Italie, et mettre la personne du pape à l'abri d'une catastrophe violente, dont la responsabilité serait retombée sur la nation italienne et sur son gouvernement. Maintenant que la tranquillité publique et un certain ordre sont rétablis dans les Etats romains, autant du moins que cela est compatible avec un très mauvais gouvernement, les troupes françaises devraient quitter le pays où elles sont un bizarre démenti aux traités, et au principe proclamé par la France elle-même de ne jamais intervenir dans les discordes intestines de tout pays étranger. Mais les derniers événements ayant montré que la convention telle qu'elle a été conçue et rédigée, ne remplit qu'imparfaitement l'objet que l'on s'était proposé, il faut d'abord qu'un nouveau traité place la personne du pape à l'abri de toute injure, et assure à la religion du monde civilisé et à tout ce qui la concerne directement tels que ses monuments, ses églises et ses ministres, le respect et la sécurité. La convention telle qu'elle existe aujourd'hui est insuffisante, ai-je dit; et en effet, comment le gouvernement italien peut-il empêcher que le territoire pontifical ne soit envahi par des bandes de volontaires, sans être décidé à les combattre, c'est à dire sans se lancer dans la guerre civile, ce qui répugne à tous les cœurs italiens? et comment peut-il répondre que la ville de Rome ne tombera jamais au pouvoir de ces mêmes *guerillas* ou des populations insurgées, aussi longtemps que les traités lui interdisent de l'occuper lui-même?

Espérons donc, malgré les accusations injustes et les imprudentes déclarations de certains parmi les ministres et les orateurs français, que la France, plus équitable et plus loyale que ses représentants, voudra bien respecter les constantes et légitimes aspirations de l'Italie, et se borner à intervenir dans ce qu'il y a de vraiment universel dans ce que l'on appelle la question romaine, c'est à dire qu'elle sera satisfaite d'assurer la conservation de la religion chrétienne et catholique et de ce qui la concerne, tout en laissant aux Italiens le soin de s'entendre directement avec le pape sur une question exclusivement nationale, c'est à dire sur la question de l'annexion romaine, à condition pourtant que nous n'aurons recours pour cela ni à la force matérielle ni à la violence. Nos droits une fois reconnus, et certaines bornes étant posées à l'exercice de ces mêmes droits, nous aurons à profiter de nos avantages avec une extrême prudence, et à nous montrer capables de mettre un frein à nos désirs pour attendre le moment opportun de les satisfaire. Si l'Italie sait se maintenir à l'état de nation libre et indépendante, tranquille et bien ordonnée sous un gouvernement constitutionnel et italien, tel que l'Europe entière l'a reconnu, je suis convaincue que Rome ne tardera guère à unir ses destinées aux nôtres. L'incertitude n'existe pour moi qu'au sujet du moment et de la manière dont cette dernière annexion aura lieu. Et nous devons accepter cette incertitude franchement, comme une inévitable nécessité politique.

Mais pour que cette résignation soit possible, et pour qu'elle puisse porter ses fruits, nous devons nous hâter de rentrer dans les voies d'une liberté régulière et bien ordonnée, et nous débarrasser au plus vite de la politique sentimentale qui nous a déjà entraînés plus d'une fois hors du droit chemin. Aucun pays n'est libre s'il permet à un citoyen quelconque, fût-il le plus vertueux et le plus sincère, de se mettre au dessus de la loi, et de n'obéir qu'à sa propre volonté. Le roi est soumis à la loi, et il lui doit obéissance. Pourquoi permet-on au général Garibaldi de n'en tenir aucun compte? Le général n'avait qu'un seul moyen de conserver la position singulièrement exceptionnelle qu'on lui avait faite, c'était de n'en user que très rarement et de n'en abuser jamais. Loin de là, Garibaldi s'est fait en Italie l'instrument de Mazzini et des Mazziniens, et il a entrepris d'y réaliser leurs rêves. Il nous a placés ainsi et à deux reprises sur le bord de deux abîmes : la guerre civile et la guerre contre la France. Les deux journées d'Aspromonte et de Monterotondo l'ont renversé du trône fantastique où notre reconnaissance l'avait assis, et l'ont fait rentrer dans la condition de citoyen d'un pays libre, condition, que l'on me pardonne de le déclarer, dont le héros le plus merveilleux peut se contenter et doit se trouver honoré.

Déclarons une fois pour toutes, et que personne ne le con‑
teste, que Garibaldi doit se soumettre à la loi, aussi bien que
tout autre citoyen italien, et cela non seulement lorsque l'obéis‑
sance ne lui coûte rien, mais toujours et en toute circonstance ;
et que, s'il essaie de l'enfreindre pour la troisième fois, il serait
rappelé à l'ordre par les moyens prescrits par la loi.

· L'égalité des citoyens devant la loi est peut-être la plus grande
des conquêtes accomplies par la révolution française de 89 sur la
tyrannie des gouvernements absolus ; ainsi que le principe le
plus fécond et le plus bienfaisant de la civilisation moderne.
Celui qui ne sait ni l'accepter, ni lui rendre hommage, n'est
pas digne de faire partie d'une nation libre et civilisée.

CHAPITRE V

DE NOS DEVOIRS

En décrivant le caractère des populations italiennes, et en indiquant les causes qui l'ont formé aussi bien que les effets qu'il est naturel d'en attendre, j'ai dû faire plus d'une fois mention des devoirs qui nous sont imposés à cet égard. C'est pourquoi je crains de tomber, dans le cours de ce chapitre, dans de fréquentes répétitions de la même pensée. Je ne saurais pourtant comment éviter cet inconvénient, si ce n'est en abrégeant autant que possible et en résumant ce que je serai forcée de répéter. J'ai dit, et je crois l'avoir démontré, qu'une grande partie des populations italiennes n'est pas suffisamment préparée à jouir d'une forme de gouvernement libérale et civilisée, mais qu'elle est encore plongée dans les habitudes vicieuses résultant d'une longue sujétion à un pouvoir étranger et ennemi, lequel étouffait ou paralysait en elle de propos délibéré toute vertu nationale ou patriotique, dans le misérable espoir de la rendre aveugle et indifférente à son propre abaissement, en la pervertissant de telle façon qu'elle devînt incapable de jamais goûter les bienfaits de la civilisation et de la liberté.

Si le despotisme émané de l'Autriche et répandu sur toute l'Italie n'a pas complétement réussi dans ses projets à notre égard, il les a pourtant exécutés en partie; et ce résultat est précisément ce qui arrête nos progrès, et ce que nous devons travailler sans relâche à détruire. Le despotisme autrichien n'a pas réussi à se faire aimer de nous, loin de là, il nous devint de jour en jour plus odieux, et à tel point que notre unique pensée, notre rêve, notre plus impatient désir, était de briser nos liens et de chasser au delà des Alpes jusqu'au dernier satellite de la domination étrangère. Aucun sacrifice ne nous semblait mériter ce nom, s'il avait pour objet la cessation de notre captivité; et ce fut cette résistance acharnée au pouvoir qui pesait sur nous, cette haine invétérée du joug qui nous écrasait, qui nous tint longtemps lieu de toutes les autres vertus civiles; ce qui nous valut enfin les sympathies des peuples généreux, et qui nous prêta la force de combattre et de vaincre nos tyrans.

Mais le despotisme autrichien réussit à mener à bonne fin une partie de ses projets iniques, car il nous laissa en cessant d'exister, plus d'une plaie saignante que nous devions à ses chaînes et à ses coups. Il nous a laissé un jugement mal assuré et confus de ce qui a droit à notre respect et de ce qui mérite notre mépris; de telle sorte que nous plaçons notre confiance, et que nous soupçonnons tour à tour tout le monde selon le caprice du moment; il nous a laissé une folle passion pour l'oisiveté, qui pendant la domination étrangère revêtait à nos yeux mêmes l'apparence d'une résistance passive, d'une muette protestation contre l'autorité usurpée du maître, et d'une invincible répugnance à servir ce gouvernement abhorré, passion dont nous devrions aujourd'hui nous dépouiller entièrement. Mais loin de désavouer cette vieille passion pour l'oisiveté, on dirait que nous la gardons, soigneusement et ce qui est pire encore, nous tâchons de la justifier en alléguant ce même prétexte qui la rendait jadis presque méritoire. Nous disons encore que nous sommes mal gouvernés, que nous ne jouissons pas de toute la liberté à laquelle nous avions droit à nous attendre, ou nous disons (ce qui est moins éloigné de la vérité), qu'on nous laisse un degré de

liberté qui n'est pas sans danger, que le gouvernement manque de force, de fermeté, de courage,
d'adresse, de résolution, en un mot de toutes les
qualités qui sont nécessaires pour bien gouverner, et nous concluons de tout cela que notre concours ne servirait à rien, que notre intervention
dans la conduite des affaires du pays ne produirait aucun effet, que nous ne devons pas nous
user sans fruit pour le pays, etc., etc. Ce sont
là de misérables prétextes, créés par nous pour
nous dispenser de renoncer à des habitudes qui
flattent et qui caressent nos instincts naturels.

Un autre héritage que nous tenons du despotisme autrichien, c'est la tendance dont nous
avons déjà parlé d'imputer au gouvernement
tout malheur, toute calamité, qui tombe sur
nous. Pendant la durée de la domination étrangère, le gouvernement exerçait son action dans
tous les sens et sur toute chose qui lui semblait
digne d'attirer son attention sans être arrêté ni
par la considération des droits individuels ni par
aucun sentiment de respect pour les libertés
d'autrui. Tout individu qui devenait suspect au
gouvernement était aussitôt arrêté, jeté en pri-
son, ou exilé, ou relégué dans quelque pauvre
bourgade d'une province éloignée; toute entreprise industrielle qui pouvait devenir utile
au pays, mais qui pouvait en même temps produire quelque malaise à une autre province de

l'empire, était déclarée dangereuse et supprimée comme telle. Un livre, une pièce de théâtre qui pouvaient réveiller quelque étincelle de patriotisme dans le public, étaient défendus, et leur auteur subissait une persécution impitoyable. En ce temps-là, nous pouvions donc, sans nous exposer à tomber dans l'erreur, imputer au gouvernement tous les malheurs, tous les échecs, toutes les souffrances que nous avions à subir. Mais aujourd'hui les choses suivent un cours entièrement opposé à celui-là. Notre gouvernement n'intervient dans les affaires privées des citoyens, si ce n'est lorsque la loi est violée par ceux-ci, et d'ailleurs le gouvernement n'est pas un être *sui generis,* isolé et distinct de la nation, il est le représentant de la nation qui le choisit plus ou moins directement, et il peut être renversé chaque jour s'il n'obtient le concours de la majorité des représentants du pays. Que signifient donc ces accusations incessamment répétées contre le gouvernement, comme s'il existait en dépit de notre volonté, et pour notre plus grand malheur? Elles signifient ceci et rien de plus, c'est à dire que nous ne comprenons pas encore ce qu'est un gouvernement national, constitutionnel et représentatif.

Telles sont les plaies les plus profondes et les plus malignes que nous a léguées le passé; car j'omets, pour ne pas trop prolonger ce chapitre, de parler de l'ignorance, de la superstition et de plusieurs autres vices que nous héritâmes de nos parents, lesquels ont vécu et sont morts dans l'esclavage.

Tous les Italiens ne sont pourtant pas sujets à de telles infirmités. Plusieurs d'entre eux, doués par la nature d'une intelligence prompte et droite, ou qui reçurent une éducation supérieure, ou bien encore que des circonstances fortunées favorisèrent singulièrement, pensent, comprennent et savent, ce que savent, ce que comprennent et pensent les membres les plus distingués des autres nations civilisées et libres. — Que de tels hommes existent et même en nombre assez considérable en Italie, ce que nous avons entrepris et mené à bonne fin dans le cours des sept dernières années le prouve suffisamment. D'immenses devoirs pèsent aujourd'hui sur ces hommes. C'est à eux qu'il appartient de sauver le pays des nombreux dangers auxquels il est exposé par le fait des ignorants, des oisifs et des malveillants, produits funestes du despotisme étranger. Nul homme doué de quelque jugement et d'une dose ordinaire de sens commun ne peut se considérer comme irresponsable des dangers qui menacent la patrie, et des malheurs qui pourraient en résulter. Lorsque les Italiens entreprirent d'arracher l'Italie à l'étranger et de demeurer maîtres de leur pays natal, ils acceptèrent le devoir de le guider de telle façon qu'il pût conserver son indépendance et prospérer dans sa liberté. S'il en était autrement, c'est à dire, si les Italiens éclairés et amis de leur pays, qui se soumirent aux plus grands sacrifices pour lui procurer l'indépendance, s'étaient proposés de demeurer ensuite les bras croisés sans prendre aucun souci de l'usage que la multitude pourrait faire de cette liberté et de cette indépendance si chèrement payée, ils seraient non seulement coupables, mais positivement indignes de tout pardon.

Ils auraient sciemment exposé la patrie à des dangers plus terribles que ceux dont elle était jadis menacée; ils lui auraient préparé un funeste avenir, qui attirerait sur elle le mépris des contemporains, la pitié des générations futures, et qui servirait de leçon à celles-ci pour éviter de suivre notre exemple.

On me répondra peut-être que des individus isolés, quelles que soient leur activité et leur bonne volonté, sont impuissants contre les multitudes. Je pense au contraire, que tout homme quoique faible et obscur par sa nature et par sa position sociale, acquiert une grande autorité sur les masses populaires quand il marche le front haut et le visage découvert, sur la bonne voie. Je ne vois pas d'ailleurs pourquoi des

hommes qui possèdent en commun les mêmes
opinions, les mêmes désirs et les mêmes sentiments, demeureraient isolés les uns des autres.
Qu'ils réunissent leurs forces; qu'ils s'associent
entre eux, comme ils s'associaient jadis secrètement lorsqu'il s'agissait de délivrer la patrie.
Cette délivrance était bien réellement une entreprise à laquelle un individu ne devait aspirer, puisqu'elle ne pouvait réussir que par l'emploi de la force. Alors les associations entre
citoyens étaient sévèrement interdites; et pourtant une trame immense s'étendait d'une extrémité à l'autre de la péninsule, et je ne sais
en vérité s'il est un seul parmi les patriotes
italiens qui n'ait appartenu à l'une ou à l'autre
des nombreuses sociétés secrètes qui avaient
pour objet la délivrance du pays. Les associations sont aujourd'hui non seulement permises,
mais recommandées et protégées; de telle sorte
que personne ne peut colorer son inertie du prétexte de son isolément.

Je ne ferai pas ici un catalogue détaillé de
tous les résultats que de semblables associations
pourraient se proposer comme but; car ils doivent varier dans chaque ville, dans chaque province italienne selon les besoins spéciaux des
unes et des autres.

Je dirai seulement que les peuples sont tous
susceptibles de progrès; et que les Italiens peu-

vent être aujourd'hui éclairés et rachetés par la
liberté et par les institutions qui en émanent,
avec la même facilité avec laquelle ils ont été
pervertis et corrompus par la tyrannie. Je voudrais donc que les hommes sensés de chaque
ville et de chaque province italienne s'appli-
quassent à découvrir, quelles sont les conséquences les plus funestes que le despotisme a
laissées après lui dans chacune de ces localités;
je voudrais ensuite qu'ils s'assemblassent, et
qu'ils s'associassent dans le but vraiment patriotique de combattre ces déplorables effets, en
s'appuyant pour cela sur le bon sens populaire
qui se réveille si aisément en Italie, et qu'ils
s'efforçassent de démontrer au peuple la fausseté de ses croyances, la vanité de ses soupçons
et de ses préjugés, l'absurdité de ses prétentions
et de ses exigences, les conséquences inévitables
et funestes de sa conduite, la nécessité des vertus civiles parmi lesquelles la plus indispensable est peut-être la tolérance des souffrances
individuelles quand elles ont pour résultat le
plus grand bien du plus grand nombre. Appre-
nons à ceux qui l'ignorent, que l'indépendance
et la liberté d'une nation qui végéta dans l'esclavage depuis la chute de l'empire romain jusqu'à
nos jours, ne sont pas des biens que l'on peut
acquérir à bon marché et sans peine; et disons
encore que celui qui se décourage parce qu'en

payant le prix de ses biens suprêmes, il diminue son capital, se conduit comme un lâche ou comme un étourdi. Et pendant que nous nous occupons d'enseigner aux ignorants ces vérités si simples qui sont le fondement de la vie des nations, tâchons aussi de porter remède, en partie du moins, aux souffrances réelles qui causent le mécontentement des masses. Ouvrons des magasins coopératifs, des banques populaires, et d'autres établissements propres à combattre les manœuvres des spéculateurs malhonnêtes, qui prétendent s'enrichir moyennant la misère et l'ignorance du peuple, et qui profitent de la nécessité dans laquelle le fisc ou certaines municipalités se trouvent parfois d'imposer quelques-unes des denrées de première nécessité, pour en faire monter le prix à un taux exorbitant, afin de se procurer un gain illicite, en même temps qu'ils font accroire au peuple que les privations qui résultent pour lui de ces prix excessifs sont l'œuvre du gouvernement.

Je voudrais, en un mot, qu'une vaste société se fondât en Italie, à laquelle prendraient part tous les hommes doués de quelque bon sens, de patriotisme et d'honnêteté, qui mettraient en commun leurs facultés, leurs moyens et leurs idées dans le but de délivrer le pauvre de sa misère, l'ignorant de ses ténèbres, et d'offrir à tous les moyens de travailler et de profiter des avantages du commerce et de l'industrie. Et jusqu'à ce que cette immense société ait pu s'organiser et se mettre activement à l'œuvre, je voudrais que les hommes les plus actifs et les plus éclairés de chaque ville d'Italie s'associassent entre eux, en formant des sociétés partielles ou municipales qui tendissent toutes au même but, sans négliger pourtant de travailler, même en qualité de simples individus, à convaincre les ignorants de leurs erreurs, et des maux qu'ils attirent sur le pays et sur eux-mêmes par leur attachement à leurs vieux préjugés. Lorsque tout citoyen intelligent et ami de son pays aura bien compris toute l'étendue de ses devoirs envers celui-ci, lorsque la pensée de ce devoir sera toujours présente à son esprit, j'aurai atteint le but que je me suis proposé en écrivant ces pages; car les moyens d'action ne font jamais défaut à celui qui persiste à les chercher et qui est sincèrement résolu à les employer dès qu'il les aura trouvés. Ce dont nous manquons, c'est la constance de notre volonté et de nos résolutions.

CHAPITRE VI

Le but que tout Italien doit se proposer, c'est la conservation et la consolidation de notre indépendance, ainsi que le développement de nos libertés, lesquelles doivent créer et assurer la prospérité nationale. Mais les expressions que je viens d'employer ont quelque chose de trop vague et de trop indéfini, puisque chacun, tout en reconnaissant les bienfaisants effets de la liberté et de l'indépendance, donne à ces mots mêmes et à ceux de prospérité nationale autant de significations différentes qu'il y a de variétés dans les opinions politiques des populations. Je juge donc à propos de définir ce que j'entends recommander à mes compatriotes, lorsque je les exhorte à consolider notre indépendance et à développer nos libertés de telle sorte qu'elles produisent le bien-être et la prospérité de la nation.

Une nation peut être considérée comme indépendante lorsque aucune partie de son territoire n'est occupé par l'étranger et qu'elle possède les moyens et la volonté nécessaires pour se défendre contre tous ceux qui essaieraient d'envahir ses frontières. Pour qu'une nation puisse se dire à bon droit indépendante, il n'est pourtant pas indispensable qu'elle repousse constamment toute influence étrangère, ce qui la placerait tôt ou tard sur un pied d'hostilité envers l'un ou l'autre de ses voisins, et ce qui aurait pour résultat d'exposer son indépendance même à des dangers plus ou moins rapprochés. Je me permets cette réflexion parce qu'il existe en Italie une école de farouche indépendance qui considère toute concession faite à nos alliés comme un premier pas vers la dépendance, et qui la condamne comme une impardonnable lâcheté. Ces fanatiques d'indépendance voudraient nous voir marcher dans la direction qui peut déplaïre, offenser et menacer davantage les nations voisines, et si l'une d'elle nous a été secourable en quelque occasion, ils voient dans la reconnaissance nationale un danger pour l'indépendance de la patrie, et c'est précisément à cette

puissance bienfaisante qu'ils vouent leur mé-
fiance, leur aversion la plus violente, et envers
laquelle ils brûlent de se conduire en ennemis.

Les rapports pacifiques entre les puissances
qui se partagent cette partie du globe qu'on appelle Europe, sont nécessaires à la prospérité
générale, et ces rapports sont entretenus par
une réciprocité de concessions, de sacrifices et
de bons offices qu'elles se rendent les unes aux
autres. Celui qui offense sciemment son voisin
sans avoir été provoqué par lui, ne fait pas acte
d'indépendance, mais bien plutôt d'absurde
jactance et d'intolérable injustice. L'exagération de toute vertu politique et civile, ainsi que
de toutes les vertus domestiques et privées, ressemble plus au vice qui lui est opposé, qu'à cette
même vertu poussée à un plus haut degré qu'à
l'ordinaire. Le mot même de vertu signifie force,
et il n'est point de véritable force sans modération et sans justice.

Une nation peut à bon droit se dire libre
quand elle n'est requise d'obéir qu'à la loi et
quand aucun ordre ou décret n'a force de loi,
s'il n'a été d'abord approuvé, sanctionné et déclaré valable par la majorité des représentants
de la nation. Telles sont les bases d'une liberté
sagement ordonnée, et elles sont compatibles
avec n'importe quelle forme de gouvernement,
qu'il soit monarchique ou républicain. Si nous

nous éloignons de ce principe, si nous dépassons cette limite qui sépare le vrai du faux, nous tombons aussitôt dans la confusion et dans la contradiction de nous-mêmes et de nos doctrines.

Toute résistance au désir d'un citoyen sera considérée par celui-ci comme un acte d'odieuse tyrannie, et celle-ci lui semblera d'autant plus intolérable, que ce désir non satisfait sera, je ne dirai pas plus juste, mais plus ardent. La volonté des représentants de la nation (c'est à dire celle de la nation même) sera condamnée comme despotique et tyrannique, et l'on montrera par là que l'on ignore ce que signifient les mots de despotisme, de tyrannie, etc., etc. ; car le trait le plus saillant du despotisme, ce qui distingue un décret arbitraire, de la loi, c'est précisément que le premier n'est pas sanctionné par la nation. Toute loi qui émane d'un parlement, peut en effet être déplacée, mal conçue, injuste même, car il est impossible de se garantir ici-bas des erreurs et des vices inhérents à notre nature, mais cette loi sanctionnée par les représentants de la nation, ne saurait être en aucun cas, arbitraire ni despotique.

Les ultra-libéraux qui ne sont pas satisfaits d'une liberté comme celle que je viens de définir, n'ont pourtant pas, que je sache, découvert le moyen d'assurer et d'établir l'infaillibilité humaine, et je ne les crois pas fort avancés sur la voie de cette découverte. Le criterium de la justice et de l'injustice n'existe pas ici-bas d'une manière absolue; mais celui du commandement légitime et de l'illégitime ou arbitraire existe en effet, et il consiste comme je viens de le dire, en ceci : que le premier est sanctionné par la nation tandis que le second ne l'est pas.

Nous devons nous tenir pour satisfaits de la liberté ainsi définie, et cela par une raison aussi simple que péremptoire; c'est à dire parce qu'il est impossible d'obtenir plus et mieux. Cela est impossible, non pas comme le prétendent les *ultra-libéraux*, parce que la liberté absolue telle qu'ils la rêvent, est entourée d'obstacles insurmontables, ni parce qu'elle est trop soigneusement combattue par ceux qui veulent en priver les peuples; mais seulement parce qu'elle n'existe pas. Ce qu'ils prennent pour la liberté absolue, n'est qu'un fantôme, une illusion qui se transforme à l'user dans une déplorable confusion, et dans la plus terrible de toutes les tyrannies, c'est à dire dans l'anarchie, ou le libre exercice de toutes les volontés individuelles. Les Français ont fait la plus cruelle expérience de ces résultats, lorsqu'ils établirent en 1789 et 1793 que le criterium de la liberté nationale était la liberté de chaque individu.

La liberté telle que je l'entends sacrifie jusqu'à un certain point et dans une certaine mesure l'individu à la nation, et ne considère le premier qu'autant qu'il fait partie et qu'il représente la seconde. La liberté telle que la prônent les ultra-libéraux, la liberté indéfinie et indéfinissable ne reconnaît pas la nécessité de sacrifier ni l'individu à la nation, ni la nation à l'individu; mais elle sacrifie en effet l'un et l'autre à une illusion et à une fausse doctrine. Le libre exercice de la volonté de chaque individu et la réunion comme en un faisceau de toutes ces volontés individuelles composant toutes ensemble la liberté nationale, est une théorie séduisante et plausible au premier aspect; mais elle ne supporte pas d'être mise en pratique, car la liberté effrénée d'un individu se heurte contre la liberté effrénée d'un autre individu, et toutes ces libertés se contrariant les unes les autres, forment non pas la liberté nationale et universelle, mais un chaos ténébreux dans lequel on se bat en aveugle, et ou l'on perd bientôt les notions mêmes du bien et du mal, du juste et de l'injuste, du droit et du devoir. Dieu nous garde à jamais d'une semblable liberté.

La liberté telle que je l'entends est aujourd'hui établie et respectée en Italie dans toute sa plénitude, et je dirais volontiers qu'elle l'est avec une trop grande fidélité de la part de notre

gouvernement qui a loyalement accepté le rôle
que le statut lui a assigné, et qui suit la voie
tracée par ce même statut, sans jamais s'en dé-
partir d'une ligne.

Ce statut qui était destiné d'abord au seul
Piémont, admettait comme un fait incontestable
qu'il avait à guider et à servir une population
civilisée, bien ordonnée et passablement instruite, une population en un mot digne de posséder les institutions les plus libérales. Je crois
avoir démontré dans le courant de ce petit volume
que certaines provinces méridionales de l'Italie
n'ont pas atteint ce même degré de civilisation,
qui se faisait remarquer depuis plusieurs années
en Piémont. Je crois donc qu'il serait à propos
que les institutions qui ne doivent plus être exclusivement appliquées au Piémont, mais à
l'Italie tout entière fussent légèrement modi-
fiées, de telle sorte qu'elles pussent s'adapter
aux divers degrés de civilisation auxquels sont
parvenues nos populations diverses.

Je ne voudrais pas que de semblables réformes émanassent de l'autorité gouvernemen-
tale, mais de celle du parlement qui reconnaît
le besoin de protéger les populations contre
leurs propres fautes, pendant qu'elles apprennent
à se gouverner elles-mêmes et à gouverner le
pays. Je ne voudrais pas non plus que de telles
réformes revêtissent un aspect de stabilité;

mais au contraire je voudrais qu'elles fussent considérées comme des mesures passagères et transitoires, destinées à n'avoir qu'une très courte existence. Voilà ce que je désirerais que l'on fît, et je le désire parce que je crains que nos populations rurales qui ne comprennent ni le sens ni le but de nos institutions, ne se fatiguent de la part d'action que le statut leur a réservé, et qu'elles considèrent comme le résultat d'un caprice de l'autorité, et je crains qu'elles ne finissent par s'abstenir complétement d'y concourir, détruisant ainsi l'harmonie qui devait résulter du jeu de nos institutions. L'Italie, avons-nous dit, doit s'appliquer à conserver sa liberté dont elle doit faire usage comme d'un instrument pour activer le développement de ses facultés et de ses tendances naturelles, pour se pousser en avant sur la voie des succès commerciaux et industriels, tels qu'en obtiennent chaque jour les nations les plus civilisées et les plus riches du monde.

L'Italie manque pourtant de plusieurs éléments de prospérité. Le défaut de charbon de terre, défaut qui a été déclaré jusqu'à ce jour absolu et sans remède; le prix élevé auquel nous sommes forcés de nous le procurer en le faisant venir de contrées lointaines, est un obstacle grave au développement de toute industrie et spécialement des industries métal-

lurgiques, lesquelles exigent un degré de chaleur tel qu'il ne peut être obtenu que par la
combustion du charbon de terre. Cet obstacle
au développement de notre industrie métallur-
gique est une source de dommages infinis pour
toutes les autres industries, car il nous oblige à
acheter à l'étranger toutes les machines nombreuses et variées qui forment aujourd'hui le
principal élément de l'industrie dans tous les
pays. Un second obstacle à notre prospérité
commerciale, a été créé par le choix que nous
avons fait du système du libre échange préfé-
rablement au système protecteur, que nous
avons considéré comme tyrannique et vexatoire. L'exemple de l'Angleterre, qui a tiré du
système du libre échange d'innombrables avantages, a sans doute contribué à nous induire en
erreur. Mais les conditions de l'industrie et du
commerce en Angleterre ne ressemblent aucunement aux nôtres. Le degré de perfection auquel
ses industries sont parvenues, et leur supériorité incontestable sur les industries correspon-
dantes des continents européen et américain,
l'affranchit de toute concurrence et de toute
rivalité de la part de celles-ci. Et, en effet, la
liberté accordée aux nations étrangères d'envoyer les produits de leurs industries sur les
marchés de l'Angleterre sans avoir à payer
aucun droit d'entrée, impliquant naturellement

le droit de réciprocité pour l'Angleterre, celle-ci s'est trouvée tout à coup maîtresse presque absolue de tous les marchés étrangers, qu'elle a envahis et remplis de ses produits incomparables. Voilà comment le système du libre échange est devenu pour l'Angleterre une source inépuisable de richesse et d'influence. Mais la condition de l'industrie italienne étant précisément le revers de celle de l'Angleterre, les conséquences qui doivent résulter pour nous de la liberté illimitée du commerce, seront diamétralement opposées à celles que cette même liberté a eu pour l'Angleterre. Personne en Italie ne préférera les produits de l'industrie nationale avec leurs imperfections, leur peu de solidité et leurs prix exagérés, aux produits supérieurs des industries étrangères, si l'on peut obtenir ceux-ci sans plus de délai ni plus de dépense. Lorsque les produits de l'industrie étrangère auront envahi nos places et nos marchés, l'industrie italienne sera à la veille de sa ruine totale, et elle ne pourra prolonger de quelques jours son agonie qu'en imitant et en falsifiant les produits étrangers, c'est à dire en offrant ses propres produits comme venant des fabriques étrangères. Mais de semblables moyens sont impuissants pour assurer la prospérité, je ne dirai pas d'une nation, mais la prospérité même d'une province ou d'une industrie.

Pour qu'un peuple soit véritablement satisfait de sa position politique et sociale, il faut qu'il se voie marcher sur la voie de la prospérité matérielle, aussi bien que sur celle du progrès intellectuel. Si après avoir conquis la liberté, l'indépendance et un rang honorable parmi les puissances ses voisines, le peuple racheté s'aperçoit qu'il descend d'un pas plus ou moins rapide, la pente funeste qui conduit à la pauvreté, s'il reconnaît l'inutilité de ses efforts maladroits pour améliorer sa condition lors, même qu'il n'aurait pas contracté sous l'ancien joug, ni la fatale tendance à imputer tous ses malheurs et ses souffrances à ceux qui le gouvernent, ni le penchant à l'intolérance, et à la révolte; lors même qu'il n'aurait à combattre ni ses préjugés, ni ses erreurs, il ne parviendra jamais à faire taire ses souffrances, ni à jouir paisiblement des biens qu'il a acquis. Et si ces biens sont menacés, s'il se voit exposé à les perdre de nouveau, il n'éprouvera ni la même douleur, ni la même indignation qui l'eussent poussé à les défendre à tout prix, si ses propres souffrances n'eussent en quelque sorte absorbé toute sa sensibilité. L'héroïsme qui nous porte à nous oublier nous-mêmes et à oublier nos souffrances pour jouir de la pensée de la prospérité et des triomphes que l'avenir réserve à ceux qui sont doués de patience, n'est pas telle chose que l'on puisse attendre des masses populaires, car elles ne possèdent pas la faculté de l'abstraction et ne savent pas imaginer ce que leur réserve l'avenir. Si donc nous voulons voir les populations italiennes dévouées à la constitution qui les rassemble, ainsi qu'à la noble et magnifique existence qui les attend, nous devons nous appliquer à apporter remède et à cicatriser les blessures dont elles souffrent actuellement, et à les conduire vers une condition matérielle moins pénible que celle où elles se trouvent aujourd'hui.

Lorsque nous aurons avancé de quelques pas sur cette voie nouvelle, lorsque nous aurons conduit les masses populaires quelque part d'où elles aperçoivent les riantes contrées qui leur sont destinées, nous les verrons reprendre haleine et courage, comme le fit jadis le peuple hébreu lorsque fatigué, et découragé par son long et pénible pèlerinage à travers le désert, il fut conduit par Moïse sur les hauteurs qui dominaient la terre promise, et qu'il admira, étalées au milieu de son campement les merveilleux produits du pays de Chanaan. Que faisons-nous ? Pourquoi ne suivons-nous pas l'exemple du législateur hébreu ? Nous voulons conduire la multitude à travers les régions stériles qui environnent et qui précèdent la terre promise de la liberté et de la civilisation ; mais nous sommes des guides taciturnes et des maîtres intolérants. Nous nous étonnons du peu d'ardeur que les multitudes mettent à nous suivre, et nous oublions que l'attente de l'avenir qui soutient notre constance et notre zèle, n'exerce aucune action sur la foule. Nous supportons sans murmurer les privations et les sacrifices, parce que nous en voyons le terme et que nous savons ce que les unes et les autres doivent produire. Mais le peuple l'ignore et lorsqu'il nous voit marcher en avant en l'invitant à nous suivre au milieu des ronces et des piéges, à travers le désert aride, sous les rayons ardents du soleil qui dessèche les sources et les ruisseaux, ils nous croit atteint de folie, si toutefois il ne nous soupçonne pas de vouloir l'entraîner traîtreusement à sa perte. Pourquoi n'essayons-nous pas de lui rendre la confiance et le courage; pourquoi ne songeons-nous pas à ranimer ses forces moyennant le même tonique qui soutient les nôtres. Nous lui avons dit : vous êtes libres, et la liberté, c'est la belle chose que vous voyez. Pourquoi ne pas lui dire au contraire : le chemin que nous parcourons aujourd'hui avec vous, nous conduit à la liberté; le sol que nous foulons aux pieds en ce moment sépare la servitude du moyen âge, de la liberté bien ordonnée des temps modernes et des nations civilisées. Traversons ces terrains neutres; traversons-les avec courage, d'un pas rapide, sans céder à la fatigue, avec la pleine confiance de trouver au terme de notre voyage le repos et des compensations surabondantes à nos peines d'aujourd'hui. Si nous parvenons à inspirer cette confiance, même au peuple, nous le verrons se dérider, se redresser, se raffermir et un jour viendra peut-être que nous trouverons en lui l'appui que nous lui offrons à cette heure, car ses forces sont naturellement supérieures aux nôtres, et le découragement pourrait aussi nous envahir.

N'oublions donc pas que les multitudes ne peuvent demeurer constamment attachées à un ordre de choses dont elles ne tirent aucun avantage matériel, ni même l'espoir plus ou moins fondé de quelque prochain bénéfice. Efforçons-nous d'améliorer la condition matérielle des plus pauvres classes de nos populations, et en attendant que cette amélioration soit réalisée par nous et reconnues par elles, apprenons-leur à apprécier nos institutions en leur montrant les résultats qu'elles doivent avoir nécessairement, et comment nous avons l'espoir de voir disparaître dans le court espace de quelques années, les dernières traces de leur misère et de leur ignorance.

Présentons à nos populations une image fidèle de la société vers laquelle nous voulons les conduire, montrons-leur dans l'avenir l'association de toutes les classes de la société, ayant pour but de soulager le peuple de sa misère et de son ignorance, et cela, non plus moyennant l'aumône, car celle-ci pratiquée largement, c'est à dire comme il faudrait qu'elle le fût, pour opérer un changement de quelque importance et de quelque durée dans les conditions des classes pauvres, aurait aussi pour effet d'apauvrir le riche et détruirait conséquemment tout le système de l'aumone ; mais moyennant le système nouveau qui doit remplacer celui de l'aumône, c'est à dire par l'association des capitaux, des autres éléments de l'industrie, et des artisans qui fournissent au commerce les produits de leur labeur. Le principal objet de cette association serait de supprimer les dépenses superflues et excessives, ainsi que les profits illicites de ceux qui disposent aujourd'hui des capitaux, et qui dirigent l'industrie dans le seul but d'augmenter leurs propres richesses au dépens des acheteurs auxquels ils livrent des marchandises avariées, ou mal confectionnées, tout en n'accordant aux pauvres ouvriers qu'ils emploient qu'une imperceptible fraction de leurs profits, à peine suffisante pour les conserver en vie, quitte à les livrer à la charité des hôpitaux et des hospices lorsque leur jeunesse et leurs forces se sont épuisées à ce travail ingrat.

L'Angleterre qui n'a plus rien à apprendre de tout ce qui touche au perfectionnement de l'industrie et au développement de la charité bien entendue (je ne parle pas de l'aumône) possède un grand nombre de telles associations, et leur esprit a pénétré si profondément dans l'intelligence de toutes les classes de la société que l'artisan réduit à la misère et ne pouvant parvenir à s'en tirer, est une exception presque sans exemple ; à moins qu'elle ne soit accompagnée par l'immoralité, la corruption et la stupidité poussées à un tel excès qu'elles suffisent à en expliquer la persistance. Tout artisan laborieux dont la famille quelque nombreuse qu'elle soit d'ailleurs suit l'exemple, est assuré de ne tomber jamais au dessous d'une modeste aisance; et pour peu que son intelligence s'ouvre aux vérités de la science et en comprenne l'application, pour peu aussi que les circonstances le favorisent, il peut atteindre rapidement un certain degré de richesse, d'où rien ne l'empêche de prendre son essor, comme d'un point de départ, et de se placer enfin parmi ces Crésus de l'industrie britannique qui excitent l'étonnement et l'admiration du monde entier. En prenant pour modèle les associations philanthropiques de l'Angleterre et en les modifiant de façon à les mettre d'accord avec le caractère de nos populations, nous obtiendrons les mêmes résultats, sans sacrifier d'autres intérêts que ceux des spéculateurs malhonnêtes et déloyaux. Et en communiquant dès à présent nos intentions au peuple, nous lui inspirerons le courage et la volonté de nous suivre à travers les obstacles qui obstruent aujourd'hui notre route et la leur.

, Quand nos populations seront convaincues que leur bien-être est le but de nos efforts, comme il est l'objet de nos institutions, elles cesseront, gardons-nous d'en douter, de se montrer indifférentes à notre succès, et de lancer leurs sarcasmes contre ce que nous soutenons, nous défendons et nous entendons par ce mot : liberté. Nous les verrons au contraire se hâter d'étudier la portée des mots que nous employons et des idées qu'ils représentent, pour connaître comment elles peuvent seconder nos efforts. Nous verrons les électeurs accourir à leurs colléges pour y déposer leur vote et se donner des représentants capables d'assurer l'avenir de la nation moyennant de bonnes lois. L'institution de la garde nationale ne sera plus considérée comme une mesure vexatoire inventée par le gouvernement pour troubler le repos des citoyens, mais bien plutôt comme une garantie pour le pays contre tout abus de pouvoir, ou toute tendance au désordre. Et il en sera de même de tous les préjugés funestes qui offusquent aujourd'hui l'intelligence de nos populations, et les rendent intolérantes d'un gouvernement libéral et représentatif.

Lorsque nos populations auront appris à bien juger les intentions des spéculateurs malhonnêtes qui voudraient tirer de notre régénération une prérogative illimitée de s'emparer de tout ce qui éveille leur cupidité, elles n'ajouteront plus foi aux mensonges que les spéculateurs leur débitent, et elles ne croiront plus que les vexations et les spoliations dont elles sont les victimes, soient connues et ordonnées sciemment par les ministres du roi, pour accroître leurs richesses déjà énormes. Lorsque nos populations auront ouvert les yeux sur les ruses et les intrigues des spéculateurs, les triomphes de ces derniers seront arrivés à leur terme, et s'ils essaient de les prolonger, le peuple désormais au fait de leur fausseté et de leur trahison, pourrait bien leur donner une leçon qui aurait pour effet de les dégoûter à l'avenir de toute nouvelle et coupable tentative. Alors ces profits illicites et immenses dont le peuple fait les frais, venant à cesser, la condition des classes pauvres se trouverait naturellement de beaucoup améliorée.

Pour me résumer, je dirai, que le but auquel nous devons tendre, c'est de répandre la lumière dans l'intelligence des classes pauvres de nos populations, de leur faire connaître leurs de-

voirs et leurs droits, et de les soustraire à la
dent acérée des spoliateurs de tout genre qui
en font aujourd'hui leurs proies. Nos populations sont douées d'une intelligence aussi
prompte que droite, et leur instinct les porte à
se conformer aux lois de la justice aussitôt que
celles-ci leur sont connues. Avec ces dons naturels qui forment la partie la plus élevée du
caractère italien, comment s'expliquer l'inter-
minable série de fautes et d'erreurs qui nous
font dévier à chaque pas, du droit chemin?
N'es-il pas évident que personne n'a encore pris
la peine d'enseigner au peuple la vérité, car
l'ignorerait-il à ce point si quelqu'un la lui avait
dite? Nous répétons sans cesse que nos populations agricoles et ouvrières sont livrées à l'influence du clergé, qui les instruit à sa façon
et dans lequel elles ont placé une confiance
sans bornes; nous savons que le clergé ou du
moins la majorité du clergé, blâme et condamne
tout ce qui a été fait en Italie depuis 1859; et
nous n'essayons pas d'arracher au clergé l'influence dont il fait un si triste usage, de nous
substituer à lui dans la confiance du peuple?

Quelques-uns de nos propriétaires fonciers
commencent à entrevoir que personne ne saurait avoir plus à cœur leurs intérêts qu'eux-
mêmes. Pour cette raison, et parce qu'ils dépensent moins à la campagne qu'en ville, ils

quittent de bonne heure les amusements et les distractions des théâtres, des *clubs*, des sociétés, etc., pour aller vivre dans leurs *villas* au milieu de leur champs, et des paysans dont le travail doit leur procurer un surplus de revenus. C'est là un progrès accompli par ces propriétaires fonciers; mais le profit qu'ils en tirent pour eux-mêmes et celui qui en résulte pour le pays seraient beaucoup plus considérables si ces propriétaires se proposaient un autre objet, en outre de celui de surveiller la culture de leurs terres. Les paysans d'un pays libre ne sont pas uniquement les instruments de l'agriculture comme les pelles et les pioches, les charrues, les moulins, etc., etc. Ils sont les membres du corps social et politique, les possesseurs de tous les droits civils, les producteurs de la prospérité publique, les défenseurs de l'indépendance nationale et de l'ordre public, et ils peuvent devenir les représentants de la nation et les administrateurs du trésor public.

Ces populations auxquelles est réservée une mission aussi belle et aussi splendide, sont celles précisément qui se récrient avec le plus de violence contre les changements survenus depuis 1859, et qui opposent à la réalisation de nos idées la résistance d'une incorrigible inertie. Est-il possible d'attribuer ce fait étrange à une autre cause qu'à un malentendu de la

part de ces populations aveuglées par des préjugés , et courroucées contre ceux qui voudraient devenir leurs bienfaiteurs, et contre les
bienfaits mêmes qui leur sont offerts.

, Or, si ce malentendu est non seulement évident, mais s'il est en outre singulièrement absurde , et s'il menace de devenir fatal à la
patrie et à la nation, n'est-ce pas le devoir de
tout ceux auxquels il appartient d'éclairer et
d'instruire le peuple, parce qu'ils possèdent plus
de lumières et de connaissances que lui, n'est-ce
pas, disais-je, leur devoir de tout entreprendre
et de ne rien négliger pour faire cesser ce malentendu et le faire cesser au plus tôt.

On dit souvent pour excuser l'insouciance et
l'inertie des classes éclairées et instruites, que
rien n'est plus difficile que de faire voir la lumière aux aveugles, de faire entendre raison et
d'instruire les ignorants. L'entreprise peut être
difficile, et doit le paraître doublement à ceux
qui n'ont jamais fait un pas dans cette direction. Mais ces difficultés ne sont pas de nature
à vaincre la bonne volonté d'un véritable phi-
lanthrope, d'un véritable patriote, d'un véritable chrétien. Rappelons-nous qu'en obtenant
la liberté et l'indépendance, en nous constituant
en nation et en acceptant, en qualité de nation
indépendante, un rang honorable parmi les nations les plus puissantes et les plus civilisées

de l'Europe, nous n'avons pas seulement acquis des droits, mais nous avons aussi contracté des devoirs envers nos voisins et envers nous-mêmes. Nous avons été respectés jusqu'ici ; appliquons-nous dorénavant à prouver que ce respect nous était dû. Supportons avec une forte patience les maux inséparables de tout brusque changement de condition, et au lieu de perdre notre temps et d'épuiser notre énergie à nous lamenter piteusement et à chercher de puériles querelles à ceux qui nous gouvernent, prenons pour but de toutes nos actions la consolidation de ce que nous avons fait naguère, et parce que nous ne pouvions rien faire de mieux et aussi parce que ce que nous avons fait a été fait par nous librement, volontairement et sciemment, et que nous ne pouvons en témoigner aujourd'hui des regrets sans nous avouer tellement incapables de nous conduire, qu'il soit nécessaire de nous remettre en tutelle ; confession qui serait par trop humiliante pour une nation comme la nôtre, qui souhaita pendant de si longues années les biens dont elle jouit actuellement, et qui les a trop récemment acquis pour qu'elle ait le droit de les mépriser et de s'en déclarer lasse. N'oublions pas que le repentir n'est pas une vertu qui convienne à la dignité des nations, mais plutôt un symptôme de légèreté et de faiblesse qui leur attire le mépris universel.

Efforçons-nous d'inspirer à nos compatriotes quelle que soit la classe à laquelle ils appartiennent la tolérance, la constance et l'énergie. Dissipons les ténèbres de l'ignorance, qui empêchent la lumière d'arriver jusqu'à l'œil du pauvre habitant de la campagne comme aussi à celui des villes; mais pendant que nous essayons d'enseigner au pauvre ce qu'il ignore, ne négligeons pas non plus de nous instruire et de nous corriger nous-mêmes.

Ce n'est pas le pauvre qui sème la discorde parmi les Italiens, qui répand la défiance, qui verse la calomnie sur les noms les plus honorables et les plus respectés dans le pays, à tel point qu'on trouve difficilement à remplacer les fonctionnaires retirés des affaires et abreuvés d'amertume par les calomnies que leurs concitoyens ne leur ont pas épargnées. Non; ce ne sont pas les pauvres ni les illettrés qui ont commis de telles iniquités. Ceux qui conseillent aux électeurs d'envoyer à la Chambre des représentants qui n'acceptent pas leur mandat, ou qui l'acceptent seulement pour créer de nouveaux obstacles à la marche du gouvernement et du pays, en un mot, des adversaires incorrigibles de l'ordre de choses actuel, ce ne sont ni les pauvres, ni les illettrés. Les frondeurs qui blâment tout ce qui se fait sans jamais indiquer ce qu'il faudrait faire, et sans jamais se mettre à l'œuvre pour essayer de mieux faire, ce ne sont ni les pauvres ni les illettrés ; car ceux-ci se bornent à répéter les absurdes accusations qu'ils entendent prononcer par leurs supérieurs et par leurs maîtres. Les faux prophètes qui annoncent comme imminentes les plus terribles catastrophes et notre ruine inévitable n'appartiennent pas non plus à la classe pauvre et illettrée. Nous devons faire l'éducation du peuple, mais nous devons en même temps nous corriger nous-mêmes, afin que le peuple voie en nous le véritable type de ce que doit être le citoyen d'un pays libre.

On me fera observer peut-être que je recommande deux choses incompatibles et contradictoires, c'est à dire que je recommande aux classes élevées et éclairées de se consacrer à l'éducation des classes pauvres et incultes, tandis que je déclare que les premières ont aussi besoin d'une nouvelle éducation politique, et que j'omets, en outre, d'indiquer qui peut leur donner cette éducation.

Je répondrai en peu de mots à cette objection. Si les corrections et les modifications que je suggère aux classes les plus éclairées et les plus cultivées de mes compatriotes étaient de nature à ne pouvoir être accomplies que moyennant de longs et de pénibles travaux, je commettrais, en effet, l'erreur de proposer à des écoliers de jouer le rôle d'instituteurs du peuple.

Mais, pour se corriger des défauts que je leur reproche, les classes supérieures de mes compatriotes n'ont qu'à le vouloir. Les Italiens éclairés et cultivés savent fort bien qu'un pays ne saurait être gouverné constitutionnellement aussi longtemps que ses habitants refusent de prendre part à la conduite des affaires publiques; qu'il n'y a pas de ligne de démarcation tirée entre ceux qui gouvernent et ceux qui sont gouvernés, mais que l'autorité passe tour à tour des mains de ceux-là aux mains de ceux-ci, selon les circonstances, et à mesure que l'on découvre de nouveaux citoyens qui semblent propres à l'exercer. Si les Italiens, capables de prendre part au gouvernement de leur pays demeurent obstinément dans l'inaction, en dehors de la sphère où se discutent les intérêts du public, et s'ils se bornent à blâmer les citoyens dévoués qui ont accepté la mission de gouverner; ce n'est pas qu'ils ignorent que le gouvernement représentatif serait impossible, si tous les citoyens se tenaient comme eux les bras croisés. Ce n'est pas non plus faute de s'intéresser à l'existence du gouvernement représentatif qu'ils s'abstiennent d'y prendre part; c'est qu'ils se disent constamment que les candidats au pouvoir ne sont jamais trop peu nombreux; que leur propre coopération à l'action du gouvernement ne serait d'aucune utilité pour le pays, et qu'ils peuvent demeurer en repos, puisqu'ils savent de science certaine que les fonctions publiques ne demeurent jamais vacantes, faute de gens qui consentent à les remplir. S'il se trouve un seul parmi nos censeurs oisifs qui, en répondant aux reproches que lui adressait un ami au sujet de son oisiveté, n'ait pas essayé de la justifier en faisant valoir sa propre incapacité et la conviction que les citoyens de bonne volonté, disposés à accepter la responsabilité inséparable du gouvernement, ne font jamais défaut, qu'il se fasse connaître et j'avouerai mon erreur.

Si l'inertie qui opprime et qui domine une grande partie de nos citoyens éclairés et instruits était enfin vaincue, les plaies les plus douloureuses que nos anciens maîtres nous ont laissées en partant, seraient aussitôt fermées. Les électeurs se rendraient avec empressement à leur collége, et au lieu de voter en faveur de tout homme célèbre n'importe à quel titre, ils choisiraient pour les représenter au parlement des hommes bien connus pour leur expérience des affaires, pour leur habileté, leur patriotisme, leur énergie et leur probité. Le parlement se partagerait alors en une majorité compacte et constante, et en une minorité dont la mission serait d'empêcher la majorité de se fourvoyer. Les ministres du roi sauraient alors sur qui ils peuvent s'appuyer, et ils formeraient des projets avec l'espoir de les mener à bon terme; les déplorables scènes de violence et de désordre que certains de nos députés suscitent de propos délibéré dans le parlement parce qu'ils les considèrent comme des preuves irrécusables de leur influence, cesseraient alors. Ces députés dont je parle ont été choisis parce qu'ils avaient fait parler d'eux, et maintenant ils bouleversent le parlement pour ne pas paraître au dessous de leur réputation. Et les hommes sages et sensés dont l'Italie abonde, permettent de semblables scandales!

Si l'inertie qui nous abat était vaincue, le peuple prendrait confiance dans ses représentants et dans les instituteurs qui s'offriraient volontairement à lui pour lui enseigner à tirer de la liberté la prospérité matérielle à laquelle il a droit, nous serions alors vraiment libres et indépendants quand même Rome devrait demeurer quelque temps encore au pouvoir du pontife romain. Nous serions riches parce que nous n'aurions plus recours à d'absurdes et à de ruineuses dépenses pour combattre l'ennui qui accompagne toujours l'oisiveté, et parce que la richesse de la nation nous dédommagerait de la diminution de notre avoir. Nous aurions alors des spéculateurs honnêtes, et des spéculations heureuses, qui enrichiraient ceux qui s'y livreraient loyalement, et le pays avec eux. Alors l'industrie nationale se développerait avec succès, car elle serait soutenue par les capitalistes, et les artisans s'y appliqueraient avec zèle et persévérance.

Les étrangers connaîtraient alors les trésors de force, de constance et de patriotisme que possède encore ce malheureux pays si souvent calomnié, et qui semble parfois prendre à tâche de justifier les calomnies dont il est l'objet. Les résultats de ce premier pas accompli sur la voie du salut national, seraient immenses, incalculables. Que chacun fasse ce qu'il sait et ce qu'il sent pouvoir faire; mais en jugeant sa propre capacité qu'il prenne garde de ne pas se laisser induire en erreur par son amour du repos, et qu'il fasse de lui-même un examen sérieux et consciencieux.

Tels sont les résultats vers lesquels nous devons tendre tous, dans la mesure de nos forces et de notre capacité. Nous avons cru avec trop d'ingénuité qu'après les victoires de 1859 et 1860, nos affaires devaient marcher d'elles-mêmes, sans que nous prissions la peine de les conduire et de les diriger. Depuis cette époque, nous avons dévié considérablement, et si nous n'y portons promptement remède, nous courons le danger de nous trouver sous peu égarés dans le désert. Heureusement pourtant, nous n'avons pas encore perdu de vue le droit chemin. Hâtons-nous d'y revenir, et ne consentons plus à nous en écarter en suivant les conseils de la passion ou du vice.

Finissons-en avec les reproches, les soupçons et les plaintes réciproques; et prenons tous d'un commun accord la ferme résolution de conserver les biens récemment acquis, de les augmenter en apprenant nous-mêmes et en enseignant au peuple à en faire un bon usage, et à tirer d'eux ces avantages matériels et moraux qu'ils produisent aux nations civilisées, lesquelles ont joui depuis des siècles de ces mêmes biens, et qui savent les apprécier à leur juste valeur.

FIN

TABLE DES MATIÈRES